हिन्द पॉकेट बुक्स

दिशाहीन

मन्मथनाथ गुप्त भारतीय स्वतन्त्रता संग्राम के एक प्रमुख क्रान्तिकारी तथा सिद्धहस्त लेखक थे। उन्होंने हिन्दी, अंग्रेजी तथा बांग्ला में आत्मकथात्मक, ऐतिहासिक एवं गल्प साहित्य की रचना की है। वे मात्र 13 वर्ष की आयु में ही स्वतन्त्रता संग्राम में कूद गये और जेल गये। बाद में वे हिन्दुस्तान रिपब्लिकन एसोसिएशन के सक्रिय सदस्य भी बने और 17 वर्ष की आयु में उन्होंने सन् 1925 में हुए काकोरी काण्ड में सक्रिय रूप से भाग लिया। उनकी असावधानी से ही इस काण्ड में अहमद अली नाम का एक रेल-यात्री मारा गया, जिसके कारण 4 लोगों को फाँसी की सजा मिली, जबकि मन्मथ की आयु कम होने के कारण उन्हें मात्र 15 वर्ष की सख्त सजा दी गयी। 1937 में जेल से छूटकर आए तो फिर क्रान्तिकारी लेख लिखने लगे, जिसके कारण उन्हें 1939 में फिर सजा हुई और वे भारत के स्वतन्त्र होने से एक वर्ष पूर्व 1946 तक जेल में रहे। स्वतन्त्र भारत में वे *योजना, बाल भारती* और *आजकल* नामक हिन्दी पत्रिकाओं के सम्पादक भी रहे।

दिशाहीन

मन्मथनाथ गुप्त

हिन्द पॉकेट बुक्स
पेंगुइन रैंडम हाउस इम्प्रिंट

हिन्द पॉकेट बुक्स

यूएसए। कनाडा। यूके। आयरलैंड। ऑस्ट्रेलिया। सिंगापुर
न्यू ज़ीलैंड। भारत। दक्षिण अफ़्रीका। चीन

हिन्द पॉकेट बुक्स, पेंगुइन रैंडम हाउस ग्रुप ऑफ़ कम्पनीज़ का हिस्सा है,
जिसका पता global.penguinrandomhouse.com पर मिलेगा

पेंगुइन रैंडम हाउस इंडिया प्रा. लि.,
चौथी मंजिल, कैपिटल टावर -1, एम जी रोड,
गुड़गांव 122 002, हरियाणा, भारत

पेंगुइन
रैंडम हाउस
इंडिया

प्रथम हिन्दी संस्करण हिन्द पॉकेट बुक्स द्वारा 1967 में प्रकाशित
यह हिन्दी संस्करण हिन्द पॉकेट बुक्स में पेंगुइन रैंडम हाउस द्वारा 2022 में प्रकाशित

10 9 8 7 6 5 4 3 2

इस पुस्तक में व्यक्त विचार लेखक के अपने हैं, जिनका यथासंभव तथ्यात्मक सत्यापन किया गया है, और इस संबंध में प्रकाशक एवं सहयोगी प्रकाशक किसी भी रूप में उत्तरदायी नहीं हैं।

ISBN 9789353496975

मुद्रकः रेप्रो इंडिया लिमिटेड

www.penguin.co.in

FSC www.fsc.org
MIX
Paper from
responsible sources
FSC® C047271

This is a legitimate digitally printed version of the book and therefore might not have certain extra finishing on the cover.

दिशाहीन

मान्धातासिंह ने आगन्तुक को बहुत ध्यान से घूरकर देखा, फिर बोला—तुम जो खबर लाए हो, उससे तो ऐसा लगता है कि जैसे रघुनाथ को जेल से छुड़ाना बायें हाथ का खेल हो।—कहकर वह मुस्कराया और सामने पड़ी हुई अपनी विन्चेस्टर राइफल की तरफ प्यार-भरी आंखों से देखकर बोला—कोई मुश्किल नहीं है, पर मुझे यह भी तो सोचना पड़ता है कि कहीं रघुनाथ को छुड़ाने में हमें ऐसा दाम न चुकाना पड़े कि हमारी सारी बिरादरी ही नष्ट हो जाए।

कुमार जानता था कि डाकुओं का सरदार मान्धातासिंह बातें तो इस तरह करता है, मानो वह सोच-समझकर, परिस्थितियों को तौल कर तब कदम उठाता है, पर असल में वह लपककर उसी काम की तरफ बढ़ता है, जो बहुत ही मुश्किल हो, जिसमें लामुहाला दोचार लाशें बिछ जाएं, आगे-पीछे सनसनाती हुई गोलियां चलती हों, चीखों से वातावरण चिर रहा हो। बोला—मैं अच्छी तरह देख आया। बाहर की दीवार ज़रूर ऊंची है, भीतर एक छोटी दीवार और भी है, पर अब्दुल वदूद ने कहा कि जंगला कट सकता है, और कटते ही कैदी बाहर आ जाएगा। फिर तो दीवार को पार करने के लिए एक सीढ़ी की ही ज़रूरत है। सारा काम ठीक से हो जाएगा। आप मुझे चार्ज दे दें।

मान्धातासिंह ने शायद अन्तिम शब्द सुने नहीं, माथे की रेखाओं को बटते हुए बोला—अब्दुल वदूद कौन?

अब्दुल वदूद जेल का एक वार्डर है। उसीके ज़रिये से हम जेल के अपने साथियों को चिट्ठी आदि भेजते रहते हैं।

फिर भी मान्धातासिंह निश्चिन्त नहीं हो सका, बोला—मैंने तो यह नाम कभी नहीं सुना। तुम जानते हो कि जब से पाकिस्तान बना, तब से मैं मुसलमानों का विश्वास नहीं करता। अब हम अपने दल में कोई नया मुसलमान नहीं लेते।

कुमार सरदार के साथ तर्क करने के लिए तैयार नहीं था, क्योंकि वह जानता था कि सरदार तर्क पसन्द नहीं करता, वह तो। अपनी ही राय पर चलता है। बोला—अब्दुल वदूद हमारा बहुत परखा हुआ आदमी है। वह पाकिस्तान नहीं गया, गोकि उसके बहुत-से रिश्तेदार चले गए। फिर इस काम में उसीको सबसे बड़ी जोखिम है, क्योंकि इस वक्त रघुनाथ के वार्ड पर उसीकी ड्यूटी लगी है।

सुनकर मान्धातासिंह गम्भीर हो गया। कुछ बोला नहीं। एकाएक राइफल उठाकर वहां से चल पड़ा और जंगल में अपने पड़ाव का दौरा करने लगा। यत्र-तत्र बन्दूकों से लैस चार-चार, पांच-पांच डाक अलाव जलाकर आग ताप रहे थे या चाय आदि बना रहे थे। कुमार थोड़ी दूरी रखकर मान्धाता के पीछे-पीछे चला। जहां-जहां ये लोग पहुंचते, वहां-वहां के डाकू उठकर खड़े हो जाते और सरदार से दो-एक बात करते। सब लोग सरदार से चाय पीने के लिए कहते रहे। पर सरदार हंसकर आगे बढ़ता चला गया इसी प्रकार कई टोलियों को पार करते हुए मान्धातासिंह अपने तम्बू में पहुंचा। रात को वह अक्सर अपने तम्बू में नहीं सोता था यानी सोते वक्त वह एकाएक किसी भी तम्बू में चला जाता था। यही उसका नित्य-नियम था। किसीको भी पता नहीं होता था कि आज रात को सरदार कहां, किस तम्बू में सोएगा।

कुमार तम्बू के सामने खड़ा हो गया। वह भीतर नहीं जाना चाहता था, बल्कि भीतर जाने का नियम नहीं था। दरवाज़े पर खड़े होकर वह बोला—फिर मेरे लिए क्या आज्ञा है सरदार?

मान्धातासिंह तम्बू के भीतर एक पैर रख चुका था। वह फौरन कोई फैसला

नहीं करना चाहता था, बोला—मैं कुछ खा-पीकर आता हूं, तब तक तुम भी कुछ खा-पी लो, फिर कोई फैसला करेंगे। आदमी भी तो चुनने हैं।...

कहकर मान्धाता भीतर चला गया और कुमार थोड़ी देर तक रुककर वहां से अपने साथियों की ओर चल पड़ा। मान्धातासिंह किसी मामले में फैसला करने में देर नहीं करता था। उसके निकट फैसला बुद्धि और विचार का नहीं, बल्कि एक तरह से भावुकता का विषय था, पर इस बार वह सोच में पड़ गया था।

मान्धातासिंह रघुनाथ से नाराज़ था। उसने तो सरासर जानबूझकर अनुशासन तोड़ा था। रघुनाथ के प्रति न्याय करने के लिए एक तथ्य यह था कि मनाही के बावजूद सभी डाकू जब शहरों में जाते थे, तो उनमें से कई वेश्यालय ज़रूर जाते थे। बहुतेरे तो केवल उद्दश्य से शहर जाते थे। उन्हें शहर जाने में और कोई दिलचस्पी नहीं होती थी। जंगल के इन बीहड़ पुत्रों के निकट शहर केवल विराट वेश्यालय-मात्र थे।

पहले का ज़माना होता तो मान्धातासिंह ऐसे लोगों को गोली से उड़ा देता, पर जब से वह स्वयं पार्वती के प्रेमपाश में फंसा था, तब से वह इस विषय की शिकायतों को सुनकर भी नहीं सुनता था। उसके विधिनिषेधों का नैतिक पेंदा ही जै से निकल गया था। पर वह मजबूर था।

जिसने आकर सात दिन पहले यह खबर दी थी कि रघुनाथसिंह इस-इस प्रकार से एक वेश्या के घर रांची में गिरफ्तार हो गया, उससे सरदार ने बहुत जिरह की थी, लगभग डांटा था, यद्यपिडांटने का कोई कारण नहीं था। सरदार ने कहा था—तुम यह कैसे कह रहे हो कि वह वेश्या के घर गिरफ्तार हुआ था?

मुखबिर ने अकाट्य प्रमाण दिया था यानी ऐसे लोगों का प्रमाण दिया था, जिनपर सरदार को पूरा विश्वास था, तब सरदार का चेहरा उतर गया था। उसने उस व्यक्ति को विदा कर दिया था। फिर रघुनाथ का नाम ही नहीं लिया था, जैसे वह उसका अस्तित्व भूल ही गया हो। इसपर डाकुओं में बड़ी कानाफूसी और बेचैनी थी। सब लोग यही कह

रहे थे कि वेश्या के यहां जाने में उतनी बुराई नहीं है जितना कि किसी कुलवधू को रख लेने में। वेश्याएं तो होती ही इसलिए हैं कि जोंक की तरह समाज का घिनौना मवाद पी लें। वेश्याएं समाज के वे अगणित कंठ हैं जो नीले पड़ जाते हैं, पर समाज उजला बना रहता है। फिर रघुनाथ जवान है, वह करे तो क्या करे? डाकुओं को वेश्यालय जाने से रोकना सरासर अन्याय है।

मान्धाता तक इन कुत्सित कानाफूसियों की भभकती भनक पहुंची थी। फिर भी वह चुप था। सरदार के मुंहलगे कुमार को भी यह हिम्मत नहीं हुई कि सरदार से कुछ कहे। लक्षणों से वह जानता था कि सरदार कुछ सोच रहा है और एक दिन हुआ भी यही कि सरदार ने चुपचाप कुमार को बुलाकर कहा—रघुनाथ का पता ले आयो।

उसने यह नहीं कहा था कि रघुनाथ को जेल से भगाना है, पर कुमार ने अपनी तरफ से जेल से भगाने के सम्बन्ध में सारी जानकारी एकत्र की थी। सौभाग्य से अब्दुल वदूद मिल गया, कुमार उसे एक भूतपूर्व कैदी के नाते जानता था। कुमार को गैरकानूनी अस्त्र रखने के लिए दो साल की सज़ा हुई थी, तब जेल में उसका परिचय अब्दुल वदूद से हुआ था।

कुमार रघुनाथ का परम मित्र था और दोनों एक ही साथ जंगल में शिकार खेलने जाते थे, एक ही साथ घूमते थे और एक ही साथ शहर जाते थे। अब की बार ही उसका व्यतिक्रम हुआ था। कुमार जाड़ों में शहर में जाना पसन्द नहीं करता था, क्योंकि सोने का आराम नहीं मिलता था, ठहरने का झंझट रहता था, पर रघुनाथ नहीं माना तो कुमार ने कहा—जाओ तुम अकेले ही घूम आओ।

उसे आशा थी कि रघुनाथ अकेला नहीं जाएगा, पर रघुनाथ फट से उसे छोड़कर अकेला सैर-सपाटा करने को राज़ी हो गया। राजी किसलिए हुआ, यह बाद को समझ में आया, क्योंकि कुमार होता तो उसे अवश्य ही वेश्यालय न जाने देता। फरार लोगों को गिरफ्तार करने के लिए पुलिस जैसे जाल बिछाए मकड़ी की तरह घात लगाकर ऐसी जगहों पर बैठी रहती

है। जिसके नाम से गिरफ्तारी परवाना है, और जो स्वयं साक्षात् सरदार का भाई है, उसे ऐसी बेवकूफी नहीं करनी चाहिए थी। बहुत ही गलत बात हुई। कुमार सोचना चाहता था। वह अभी साथियों में जाना नहीं चाहता था, क्योंकि वे मौका पाते ही यह पूछते-क्या खबर लाए हो, सरदार ने क्या फैसला किया, इत्यादि-इत्यादि।

कभी वह सरदार का सबसे निकट मित्र होता था। रघुनाथ का मित्र तो वह बाद को चलकर हुआ। पार्वती के आने के पहले दोनों लगभग हर समय साथ रहते थे। जब तम्बू डालने का मौका होता था, तो उसमें तीन व्यक्ति होते थे—मान्धातासिंह, रघुनाथ और वह। पर रघुनाथ केवल सोने और खाने आता था, बाकी समय वह इन दोनों से अलग ही रहता था। हां, उस समय भी कुमार रघुनाथ से अधिक बातें करता था। मान्धाता तो बोलता ही कम था। साथी के रूप में वह कोई बहुत लोभनीय व्यक्ति नहीं था, क्योंकि जो बोले—बतलाए नहीं, उसके साथ में क्या आनन्द?

पर जब मान्धाता कभी भेष बदलकर रांची, कलकत्ता-एक बार तो भुवनेश्वर और पुरी भी हो पाया था तब वह बहुत खुलता था। कुमार ऐसे मौकों पर हमेशा उसके साथ होता था। ऐसे समय दल का नेतृत्व रघुनाथ के हाथ में होता था, पर उसे यह हिदायत रहती थी कि वह अव्वल तो किसी प्रकार का साहसिक कार्य न करे, पर यदि कोई मेमना अजगर के मुंह में आ ही जाए, तो वह उसे लील जाने में कुछ दिरेग न करे। असली बात यह थी कि कोई जोखिम न उठाए। जोखिम उठाने का एकाधिकार सरदार अपने लिए सुरक्षित रखना चाहता था। मान्धाता के अनुसार जो 'सर' दे वही 'सरदार'। वह उसी सिद्धान्त पर चलता था।

कुमार इसी प्रकार एक बार मान्धाता के साथ यात्रा में गया हुआ था। आज से दो, बल्कि डेढ़ वर्ष पहले की बात है वर्षा—के दिन थे। छोटा नागपुर में वर्षा सचमुच एक ऋतु है, केवल कुछ बौछारों का भूगोल पाए जानेवाला कवित्वपूर्ण नाम-मात्र नहीं है।

घन-घटाएं हर समय घहराती रहती थीं। बिजली तो हर समय कौंधती रहती थी, न जाने कब कहां वर्षा हो जाए। डाका डालने के लिए यह अच्छा मौसम नहीं होता, क्योंकि जब खुद भीग गए और उससे भी खराब बात बन्दूक भीग गई, तो फिर लुत्फ क्या रहा?

बन्दूक की बारूद गीली हुई कि मन की बारूद भी गीली हो जाती थी और मन की बारूद गीली हो जाने पर फिर तो जीने का सारा मज़ा ही किरकिरा हो जाता था। इसलिए मान्धातासिंह वर्षा के दिनों में ही शहरों की सैर के लिए निकल पड़ता था। केवल इसी दृष्टि से नहीं, वह कहता था कि वर्षा में मुझे जंगल दूर से ही भाते हैं। हरियाली तो खूब रंग लाती है, और हरियाली भी क्या, उस समय तो हरियाली काले रंग के पास पहुंच जाती है। उसे भी सह जाए आदमी, पर वर्षा से कीड़े-मकोड़ों का जो जगत् एकाएक जागरित हो जाता है, वह बड़ा कष्टदायी होता है। रात को बड़े-बड़े मच्छरों से खैर मसहरी से रक्षा होती है, पर मज़ा नहीं आता। मेंढकों की टर्र-टर्र यों तो सोंदी है, पर बुरी इसलिए लगती है कि दबे पांव कोई दुश्मन आ रहा हो, तो उससे उसके पदचाप दब जाते हैं।

सरदार के इन विचारों से कुमार सहमत नहीं था। दोनों पढ़ेलिखे थे। कुमार तो एक गांव के स्कूल में शिक्षक भी रह चुका था। एक फौजदारी के मामले में सज़ा पाने के डर से, पांच साल हुए, मान्धाता से आ मिला था। मान्धाता का कुछ पता नहीं था, यहां तक कि उसके चचेरे भाई रघुनाथ से भी कुछ पता नहीं लगा था, पर इतना तो कुमार ने देखा था कि उसे पुस्तकों से प्रेम था। जब भी वह शहरों में जाता था, तो वह वहां से कोई न कोई पुस्तक अवश्य खरीद लाता था।

इस नाते वह जानता था, और मान्धाता से कई दफे कह भी चुका था—वर्षा में तो घर में रहने का ही रिवाज रहा है। मंगतासाधुओं के लिए भी वर्षा में भ्रमण वर्जित है, घर में रहना चाहिए।

इसपर मान्धाता ने हंसकर कहा था—घर कहां है?

—हमारा घर जंगल है।

इसपर मान्धाता ने कहा था—जंगल को घर मानना ऐसे ही है जैसे

कोई संसार को घर माने। हम एक जंगल में भी तो नहीं रह सकते। सौ दो सौ मील के जंगल में हम कहीं भी रहते हैं। ज़रा खटका होते ही पड़ाव उठा देते हैं।

दोनों साथी डेढ़ वर्ष पहले हजारीबाग की प्रसिद्ध झील के किनारे बैठे बातें कर रहे थे। झील लबालब भरी हुई थी। ज़रा-सी हवा के झोंके से ही पानी लहराने लगता था। झील कई हिस्सों में बंटी हुई थी। एक झील ऊंचाई पर थी। उसका पानी नीची झील में इच्छानुसार डाला जा रहा था, उससे वातावरण में बहती हुई पहाड़ी नदी की तरह एक आवाज़ गूंज और गरगरा रही थी। कई जगह पर बच्चे अपनी बंसियां लेकर मछली मारने के घटाटोप में पड़े हुए थे। कभी-कभार आफत की मारी कोई छोटी-सी मछली बच्चों की बंसी में आ जाती थी, इसीसे ये खुश थे। उनका उत्साह बना था। सिलेटी और सफेद रंग के बगुले जहां-तहां उड़ रहे थे। कुछ तो छिछले पानी में एक पैर पर खड़े होकर ध्यानस्थ थे। दाबिल आदि मछलीखोर चिड़ियां भी व्यस्त थीं। न जाने कहां से वे ऊपर से उतरती थीं और झपट्टा मारकर कोई मछली लेकर उड़ जाती थीं।

दोनों मित्र एक असम्पूर्ण दीवार पर (पता नहीं यह क्यों बनी थी) बैठे-बैठे ये तमाशे देख रहे थे। साथ में वे अभी शहर से कुछ बिस्कुट और मिठाइयां लाए थे, उन्हें दोनों बैठे टूंग रहे थे। हाथ में दोनों एक-एक छाता लिए हुए थे। कुमार का छाता तो निरा छाता ही था, पर मान्धाता के छाते के अन्दर एक छोटी-सी पिस्तौल छिपी हुई थी। यों डाकुओं के लिए यह नियम था कि वे शहर घूमते समय कोई अस्त्र न ले जाएं, पर मान्धाता ने इस सम्बन्ध में अपने को अपवादस्वरूप रखा था। वह कहता था—मैं जब पकड़ा जाऊंगा तो मुझे फांसी होगी, यह तो निश्चित है, फिर यों मरने से क्या फायदा? दो-चार को मारूंगा, फिर भाग न पाया तो अपने को गोली मार लूंगा।

दोनों मित्र कुछ टंगते जाते थे। कभी आकाश पर किलकारी मारते बादलों को देखते थे, कभी बच्चों के मछली मारने पर ध्यान जमाते थे, तो कभी हरियाली में खो जाते थे और कभी मछली मारने वाली चिड़ियों का

कृतित्व और जोश देखते थे। बगुले का ध्यानमग्न होना सबसे कौतुककर दृश्य था, पर इन सबको देखते हुए भी दोनों मित्रों की सतर्क दृष्टि हवाई अड्डे की सर्चलाइटों की तरह चारों तरफ झाड़ू-सा लगा रही थी। असल में वे बैठे ही इस हिसाब से थे कि दोनों मिलकर आगे-पीछे दूर तक दृष्टि दौड़ा सकें। कहीं कोई पुलिस वाला पाकर एकाएक टूट न पड़े, इस सम्बन्ध में उनकी दृष्टि सतर्क थी।

एक आदमी साइकिल पर पा रहा था। अभी पहचान में नहीं आ रहा था। थोड़ा और पास पाते पता लगा कि कोई बंगाली बाबू हैं, शायद सैर को आ रहे हों। इतने में दाहिनी तरफ तीन बच्चों की जो टोली मछली मारने में लगी थी, उसका ध्यान साइकिल वाले बाबू पर गया। बस, वे जल्दी से बंसी आदि बटोरकर उस पुलिया के नीचे हो गए जिसकी दीवार पर दोनों मित्र बैठे-बैठे तमाशा देख रहे थे। वे समझ गए कि बंगाली महाशय बच्चों की तलाश में आए हुए हैं। बंगाली बाबू ने साइकिल रोक ली। अब वे चारों तरफ देख रहे थे। कई दूसरे गिरोह मछली मार रहे थे, उन्हें ध्यान से देखने के बाद वे निराश होकर फिर से साइकिल पर चढ़कर रवाना हो गए।

दोनों मित्र इसपर खूब हंसे क्योंकि ज्योंही साइकिल दूर हो गई, त्योंही पुलिया के नीचे वाले लड़के सावधानी से निकल आए और उन्होंने फिर मछली मारना शुरू किया। इस बीच एक सिलेटी रंग का बगुला आकर किनारे के पास छिछले पानी में समाधि लगा चुका था, पर बच्चों को देखकर वह फड़-फड़ करते हुए जैसे उड़ान के जरिये से ही बच्चों की अनधिकार चेष्टा पर अपना रोष व्यक्त करते हुए उड़ गया। बगुले को अपने ये मानवीय प्रतिद्वन्द्वी पसन्द नहीं थे।

बादल अब बहुत काले हो चुके थे। वर्षा अब बच नहीं सकती थी। कुमार बोला—उठिए। हम लोग होटल में चलें, नहीं तो भीग जाएंगे।

—भीगने का कोई डर नहीं, छाते जो हैं।

—जैसी वर्षा आ रही है, उससे कोई छाता बचा नहीं सकता।

—नहीं बच सकते, तो न सही। देखो, ये छोटे-छोटे लड़के डटे हुए हैं, हम क्यों डरें? उनके पास तो छाते भी नहीं हैं। अभी तो हमारा खाना खत्म भी नहीं हुआ।

अब बच्चे भी जब-तब आकाश की तरफ देखने लगे थे। कुमार बोला—बच्चों का क्या है, वे जैसे अपने बाप से बचे, वैसे ही बादल से बचेंगे। पुलिया के नीचे घुस जाएंगे।

पर काले बादलों के बावजूद वर्षा नहीं हुई, क्योंकि हवा का एक तेज़ झोंका आया और वह उस बंगाली बाबू की तरह—वह तो खैर असफल लौटा था—कान पकड़कर बादल-छौनों को अपने साथ लेता गया।

हवा काफी ठंडी थी, पर सरदार ने उठने का नाम नहीं लिया। उसे ठंडी-ठंडी हवा में बड़ा प्रानन्द आ रहा था, बोला—यह झील मुझे बहुत पसन्द है। मैं बचपन से इस झील को पसन्द करता रहा हूं। जाने कितनी ही स्मृतियां ताज़ी हो जाती हैं। कहकर उसने लम्बी सांस ली।

कुमार ने सोचा कि शायद अब यवनिका उठने वाली है और सरदार के अज्ञात जीवन की कुछ झांकियां और झलक देखने को मिलेंगी। पर सरदार ने स्मृतियां कहकर ही बात समाप्त कर दी। अब वह ध्यान से दूर से आती हुई एक स्त्री को देख रहा था। हां, स्त्री ही थी। बच्चों और बगुलों की बात तो समझ में आती है, अपनी बात भी मालूम है, पर यह स्त्री क्यों? यह कोई सैर का समय है नहीं। और सैर भी अकेले, जिसका कोई अर्थ नहीं होता। दोनों चोरी-चोरी से उस युवती को देखने लगे। वह ढलान पर आ रही थी। दोनों मित्र कुछ ऊंचाई पर थे। बीच में एक बबूल की झाड़ी और ताड़ के पेड़ का तना पड़ता था, इसलिए वे उसे चोरी से देख सकते थे। वह स्त्री झील के किनारे पहुंचकर एक जगह पर खड़ी हो गई, फिर कुछ सोचने लगी। वह दोनों मित्रों से सौ गज़ पर थी। वह स्त्री अब भी स्थिति देख रही थी। उसने देखा कि पच्चीस गज़ इधर जमीन का एक टुकड़ा झील के अन्दर स्थलडमरूमध्य के बचे हुए अंश की तरह पांच गज़ तक भीतर घुस गया है। स्त्री उधर की तरफ जाने लगी। कुमार ने इतना ही देखा, इसके

बाद उसने देखा कि सरदार तीर की तरह उसकी तरफ दौड़ रहा है। बिना समझे कि सरदार क्यों दौड़ा, वह भी उसके पीछे-पीछे दौड़ा, फिर भी दस गज़ का फासला हो गया था। जब वह सरदार के पास पहुंचा, तो उसने उस युवती का हाथ पकड़ लिया था और उसे उस पतले स्थलडमरूमध्य से इधर ला रहा था। एक हाथ में छाता था और दूसरे हाथ में उसने युवती को पकड़ रखा था।

इसी समय शायद पास के उन तीन बच्चों की बंसी में कोई मछली फंसी थी, नहीं तो वे भी दौड़ आते। युवती बोली—आप गलत समझे। मैं आत्महत्या करने नहीं जा रही थी। यहां तो पानी भी इस लायक नहीं है।

मान्धाता युवती को छोड़ चुका था, बोला—आप मुझे बता रही हैं कि पानी नहीं है। उस जगह तो गर्मियों में भी डूबने-भर का पानी रहता है, इस वक्त तो हाथी भी डूब जाएगा। मुझे सब पता है—कहकर मान्धाता हंसा।

फिर काले बादल आ गए थे। वे बादल तो नहीं, दूसरे ही बादल। शायद झींसी शुरू हो गई थी, पर किसीको इसका पता नहीं था। न मछली मारने वाले बच्चों को, जिन्होंने फिर से बंसी डाली थी, न इन लोगों को। सरदार बोला—मुझे सब मालूम है। आपके मन में क्या दुख है, बताइए। हम लोग उसका प्रतिकार करेंगे।

युवती कुछ संभल गई थी, बोली—आप लोग कौन हैं, क्रान्तिकारी हैं?

मान्धाता के चेहरे पर विषाद की रेखाएं उभर आईं, बोला—हम कुछ भी नहीं हैं, पर हम लोगों का व्रत है कि दुखियों का दुख दूर किया जाए।आप नि:संकोच बताइए कि आपको क्या दुख है? आप आत्महत्या करने क्यों जा रही थीं?

युवती ने प्रतिवाद किया—आपका खयाल गलत है, मैं यहां रोज़ आती हूं। मेरा एक बच्चा, जो तीन-चार साल का था, ऐसे ही उन बच्चों की तरह मछली मारने वाली एक टुकड़ी के साथ आया था और यहीं डूब गया।

ऐसा ही वर्षा का दिन था।

इसपर मान्धाता समझ नहीं पाया कि क्या कहे, सिकुड़-सिमटकर बोला—जो हो गया सो हो गया, ईश्वर की इच्छा थी। चलिए, हम लोग आपको घर पहुंचा दें। सूरत बाबू के सिनेमा तक तोपैदल चलना ही पड़ेगा, उसके बाद रिक्शे पर बैठा देंगे।

सब लोग चल पड़े। थोड़ी दूर तक, जब तक बस्ती नहीं आई थी तब तक, युवती साथ-साथ चलती रही, पर बस्ती आते ही वह एकाएक ठिठककर खड़ी हो गई, जैसे कुछ भूल आई हो, एकदम तेवर चढ़ाकर बोली—मैं घर नहीं जाऊंगी।

मान्धाता और कुमार ने परस्पर अर्थपूर्ण दृष्टि-विनिमय किया। वह युवती बोली—आपने ठीक ही कहा कि मैं ज़िन्दगी से उकताकर झील की गोद में सब दुःख जुड़ाने गई थी। बच्चे वाली बात बिलकुल गलत है। आप लोग मुझे लौट जाने दें। मैं घर पर चिट्ठी रख आई हूं कि मैं आत्महत्या कर रही हूं, कोई मेरी तलाश न करना।...

तो यह बात थी! दोनों मित्रों को बड़ा रस आया क्योंकि अब उन्हें ऐसा लगा जैसे किसीके विरुद्ध लड़ना है; जिससे लड़ना है, वह मिल गया। आधे घण्टे बाद दोनों मित्र उस युवती के साथ अपने होटल में बैठे थे। रात उतर चुकी था। उस युवती से उसके जीवन का जो वृत्तान्त मालूम हुआ था, वह यों था कि जिन दिनों वह रांची कालेज में पढ़ती थी, उन दिनों वहीं एक युवक से उसका प्रेम हो गया था, पर जब शादीहुई, तो एक दूसरे युवक से हुई, क्योंकि जातपांत के अन्दर ही शादी करनी थी आर मां-बाप किसीसे वचनबद्ध हो चुके थे।

वह बोली—मैंने बहुतेरा कहा, पर किसीने नहीं माना। पिताजी ने फटकार बताई। मां ने रोने-धोने का सिलसिला जारी कर दिया। जिन रिश्तेदारों को भनक लगी, वे सब नाराज़ हुए, उनका कहना कुछ यों था कि प्रेम तो कहानी की चीज़ है, जीवन में उसका अक्स उतारने की चेष्टा करना परम अपराध है। मेरी कोई बात नहीं सुनी गई और एक तरह से बांधकर शादी कर दी गई। खैर, शादी तो हो गई। पर पतिजी

को कहीं से रांची कालेज की प्रेमकहानी की भनक मिल गई। उस दिन से जीवन दूभर हो गया। ताने, उलाहने, गाली-गुफ्तार, पहरा, मार-पीट, सब बारी-बारी से और एकसाथ चलते रहे। तिसपर बीच-बीच में जबर्दस्ती...

कहकर उस युवती ने अपनी पीठ खोलकर दिखाई, छाती तो दिखा नहीं सकती थी। कोड़ों के सड़सड़ाते स्पष्ट दाग थे। अधिक बताने की ज़रूरत नहीं थी। मान्धाता सब कुछ समझ गया। उसकी आंखें लाल हो गई थी। उसने कहा—चलिए, हम लोग आपको आज रात को ही रांची के उस युवक के पास पहुंचा देते हैं। मैं अभी सब प्रबन्ध कर लेता हूं।

कुमार ने क्षीण प्रतिवाद किया—शादी हो चुकी...

इसपर मान्धाता ने घूरकर पूछा—शादी? कैसी शादी?

जैसे इस प्रश्न के पांव में ही उत्तर का पांव पा जाता था।

फौरन झोला तैयार हो गया। झोले में ही जो कुछ बिस्तरा आदि होता था, सोहोता था—एक चादर, एक पतला कम्बल, एक जोड़ा कपड़ा, बस, और कुछ नहीं। टैक्सी ठीक कर ली गई। युवती शायद इतनी जल्दबाजी के लिए तैयार नहीं थी। लौट तो वह सकती नहीं थी, क्योंकि चिट्ठी लिख आई थी। फिर भी एकाएक बिना खबर दिए प्रेमिक के पास पहुंचने में भी कुछ अटपटापन लग रहा था। पर मान्धाता ने न तो कुमार से कुछ पूछा और न उस युवती को कुछ मौका दिया। वह एक के बाद एक निर्णय करता गया; पैसे देता गया, सब काम करता गया।

सब व्यवस्था करके वह कुमार से आज्ञामूलक ढंग से बोला—तुम टैक्सी में बैठकर लाल मोटर कम्पनी के इधर वाले पेट्रोल पम्प पर मेरी प्रतीक्षा करना। मैं ज़रा तब तक इनके साथ इनका घर देख आऊं।

बिलकुल आज्ञा थी। क्यों घर देखना है? उस युवती के घर से मान्धाता को क्या मतलब? यह दोनों में से किसीकी समझ में नहीं आया। उसने अगले ही क्षण युवती से उसी प्रकार आज्ञामूलक ढंग से कहा—धूंघट काढ़कर गाइड बनकर मेरे साथ चलिए।कोई कारण नहीं दिया गया, न कुछ

बताया गया। फिर भी युवती यंत्रचालित की तरह उसके पीछे-पीछे चली। रिक्शा पर बैठ गई और रिक्शे वाले को बड़े बाज़ार में अपने घर ले गई। फिर दोनों उतरकर घर के सामने खड़े हुए। मान्धाता ने दस्तक देते हुए धीरे से युवती से कहा—बता देना कि कौन-सा तुम्हारा पति है।

पति ने ही दरवाज़ा खोला। घूंघट से इशारा हुआ, पर इशारे का कम्पन समाप्त होने के पहले ही मान्धाता ने जाने क्या किया, दरवाज़ा खोलकर निकलने वाला व्यक्ति धराशायी हो चुका था और वह कोई आवाज़ भी नहीं कर पाया था। युवती इतने के लिए तैयार नहीं थी, बेहोश होने लगी थी। उसे लगभग टांगकर एक रिक्शे पर बैठाया, जो शायद वहां उस वक्त आ गया था, और फिर वहां से दोनों जाकर कुमार वाली टैक्सी पर बैठे, और टैक्सी रांची पहुंचकर ही रुकी।

अगले दिन सवेरे कुमार को पार्वती के पति की हत्या की बात मालूम हुई थी। उस समय उसे कुछ पता नहीं लगा था।

दोनों मित्र उस स्त्री के साथ रांची पहुंचे थे। सरदार के मन में सारी बातें स्पष्ट थीं। एक के बाद एक वह सारा काम इस प्रकार से करता गया, जैसे कार्यक्रम महीनों पहले बन चुका हो और उसे उसका एक-एक हिस्सा ज़बानी याद हो।

दिन-भर इधर-उधर घूमते कटा, मानो रांची शहर देखा जा रहा हो, यद्यपि शहर था देखा-सुना हुमा। सरदार ने अब बंगाली बाबू का भेष धारण किया था और कुमार से भी वैसा ही करवाया था। स्त्री से कहा था कि तुम भी बंगालियों की ढीलीढाली धोती पहन लो; सो वह जब कपड़ा पहनकर निकली तो सरदार और कुमार दोनों दंग रह गए—यह तो पैदाइशी बंगालिन मालूम हो रही है। सरदार देखकर बहुत खुश हुआ, पर कुमार का माथा ठनका कि यह अजीब औरत है कि कल पति को कुत्ते की मौत मरवा चुकी है और आज इसके चेहरे पर कोई गम नहीं है। खैरियत यह है कि आज ही इस स्त्री से छुटकारा होना था। सरदार ने दिन में उसके प्रेमिक का घर खोज लिया, पर भीतर जाने से इन्कार किया, बोला—आप जाइए

तो जाइए, मैं तो नहीं जाता। दिन में मेरे हाथपैर नहीं खुलते। मैं रात का ही शेर हूं।

स्त्री अजीब तरह से मटककर खिलखिलाकर मुस्कराती हुई बोली—जब आप नहीं जाएंगे, तो मैं भी नहीं जाऊंगी। मुझे क्या पड़ी है? हां, नहीं तो...

वह औरत सरदार पर बिल्कुल छा गई थी। सरदार भी बच्चों की तरह उसके इशारे पर नाच रहा था। कुमार को ये सब लक्षण अच्छे नहीं लग रहे थे।

पार्क में बैठकर समय कटा। यह कहिए कि वर्षा नहीं हुई, पर बादल कई बार घिर-घिर पाए। हां, उस स्त्री के लिए भी एक छाता खरीदा गया था—नफीस-सा, नाजुक पैरासोल। उस स्त्री की बगल में अच्छा-खासा बंडल हो गया था, यद्यपि बड़ा बंडल तो कुमार ढो रहा था।

सन्ध्या के पहले तीनों एक पार्क में बैठे थे। कुमार को बुरा लग रहा था। जंगल की जानदार सोंधी हवा, उसकी हरियाली, जो इस समय वर्षा के कारण काली के आसपास पहुंच चुकी होगी, उसे हाथ के इशारे देकर पुकार रही थी। कब इस रक्त-मांस के बण्डल और उसके बेकार के बण्डलों से छुट्टी मिलेगी। सरदार उठ खड़ा हुना। वह जिस प्रकार उठ खड़ा हुआ था, उससे स्पष्ट झलक गया कि अब वांछित शून्य वाली घड़ी आ चुकी है। वह थोड़ी देर से गम्भीर हो गया था। शायद इस क्षण परिचित सुन्दरी से विच्छेद की यन्त्रणा थी। सरदार इतना खुश कभी नहीं लगा था, जितना आज देखने में आया था, पर अब सरूर खुमार में परिणत हो चुका था। उतार का खिचाव स्पष्ट था। सरदार को शायद अखर रहा था कि अब बिछोह की वेला पहाड़ की तरह टूटने वाली है।

सरदार के उठने पर कुमार उठ खड़ा हुआ, पर वह स्त्री नहीं उठी, बोली—एक बात...

सरदार बैठ गया, पर कुमार खड़ा ही रहा, तब वह स्त्री बोली—किसी कारण से यदि कपिल मुझे ग्रहण न करे, तो उसकी वह गत न बनाइएगा।—कहकर वह एकाएक चुप हो गई।

—क्या इस तरह की कोई सम्भावना है?

सरदार के स्वर में घबड़ाहट नहीं, बल्कि आनन्द की सुगबुगाहट थी। कुमार इससे चौंक पड़ा। वह स्त्री बोली—क्यों नहीं! यद्यपि कल ही उसका पत्न पाया था।

—कल ही पत्न आया था?

—हां। वही पत्न तो पकड़ा गया था जिसपर कोड़ों की मार पड़ी थी।

—ओह!

सरदार ने ठहरकर कहा—तब तो उसकी वह गत बनाना और भी जरूरी है।

युवती आज्ञामूलक ढंग से बोली—नहीं...आप वचन देंगे, तभी मैं उठूंगी।

सरदार ने वचन दे दिया। और तीनों उस घर की ओर चले। सरदार ने अब जेब से निकालकर बड़ी-बड़ी मूंछे लगा ली थीं और कुमार को भी एक मूंछ दे दी थी, जिसे उसने आज्ञा समझकर फौरन लगा लिया था। तीनों एक घर में रेंगकर पहुंचे तो दस्तक देने पर कपिल निकल आया। सरदार और कुमार पीछे हट गए। युवती आगे बढ़ी, बोली—तुम्हारा पत्न मिल गया था, मैं आ गई हूं।...

कपिल ने बरामदे की बिजली में उन दोनों मूंछ वाले बंगाली युवकों को देखा, बोला—ये कौन हैं?

युवती बोली—कोई नहीं, ये रास्ता बताकर ले आए हैं, यहीं के रहने वाले हैं।

सरदार और कुमार दोनों को लगा कि झूठ निशाने पर नहीं बैठा। भला रास्ता बताने वाला कहीं बण्डल ढोता है? मूंछों के अन्दर से दोनों झेंप गए। पर साथ ही वे कपिल के चेहरे को देख रहे थे। कपिल उस प्रकार खुश नहीं था, जैसाकि प्रेमिका के मिलने पर प्रेमिक को होना चाहिए। वह एकाएक बहुत परेशान हो गया था। युवती ने कहा—तुम्हारा पत्न मिल गया था, इसीके कारण मैं आई।

युवक और भी क्षुब्ध हो गया। वह एक बार युवती की ओर और

फिर उसके दो साथियों की ओर देखकर बोला—पर यह तो असम्भव है। मैं तो महज एक कवि के नाते तुम्हें पत्र लिखा करता था, मेरी तो शादी भी हो चुकी है।—कहकर उसने एकाएक प्रमाण देने के लिए चिल्लाकर बुलाया—प्रमिला! ओ प्रमिला!

प्रमिला शायद पीछे ही खड़ी थी, वह प्रकट हो गई। वह मुछन्दर बंगाली बाबुओं को देखकर झेंप गई। पर संभलकर बोली—क्या है? ये कौन हैं?

उत्तर पार्वती ने ही दिया, बोली—कोई नहीं। हम लोग परदेसी हैं। ये मेरे पति और वे मेरे देवर हैं। हम लोग खोज रहे थे कि कोई मकान खाली तो नहीं है?

प्रमिला अच्छी-खासी बीस वर्ष की पढ़ी-लिखी युवती मालूम होती थी। सरदार और कुमार दोनों ने इस बीच इन दोनों स्त्रियों को तराजू के पलड़ों पर रखकर तौल लिया था। पार्वती प्रमिला के मुकाबले में कहीं जीवटदार सून्दरी थी। प्रमिला तो केवल रक्त-मांस थी, पर इसमें मेधा और बुद्धि का अद्भुत स्फुरण था। वर्षा के आकाश की तरह वह हर मुहर्त नये रूप में दिखाई पड़ रही थी, इस समय वह व्यंग्य की प्रतिमूर्ति लग रही थी। क्या उसे बहुत धक्का लगा था? कुमार ने भय के साथ देखा कि नहीं। पार्वती ने कहा—आपका मकान तो खाली नहीं मालूम होता।

नैश आकाश में पार्वती का यह प्रश्न अपने दोनों अर्थों में गूंजकर कौंध गया। कपिल ने सिर मीचा कर लिया, बोला—जी नहीं।

सरदार आगे बढ़ गया। उसके हाथ-पैर अच्छी तरह खुल चुके थे, क्योंकि रात जितनी भी ढलती जाती थी, उसके शरीर में उतना ही बल आता जाता था। कुमार ने समझा कि अपनी प्रतिज्ञा के बावजूद यह इस कवि नाम से अपनी कायरता को ढकने वाले विश्वासघातक का काम तमाम कर देगा। कुमार की भी इच्छा हुई कि इसे और कुछ नहीं, तो गिराकर इसकी खूब मरम्मत कर दी जाए। पर पार्वती ने धीरे से सरदार का हाथ पकड़कर ब्रेक लगा दी, बोली—चलिए, हम लोग इनकी प्रेम और विरह-सम्बन्धी कविताओं की रचना में बाधा न बनें। अब ये और भीआनन्द के साथ काव्य-रचना कर सकेंगे।

प्रमिला इसके अन्तर्निहित अर्थ को नहीं समझी। बोली—ये क्या खाक कविता लिखते हैं? बिकती तो हैं ही नहीं।

पार्वती ने कहा—आपने ही कविता का असली तत्त्व समझा है। बिकना ही उसकी कसौटी है।

मूंछ वाले दो बंगाली बाबू पार्वती को लेकर टैक्सी स्टैण्ड पर गए और वहां से एक टैक्सी हुडरू प्रपात के रास्ते में चली आदिवासियों के गांव के बीच से। एक जगह पर सरदार ने एकाएक टैक्सी रोक दी। पैसा चुकता कर दिया और घुमावदार रास्ते से जंगल में अपने ठीहे की ओर चल पड़े। टैक्सी में कोई खास बातचीत नहीं हुई थी, पर जब तीनों जंगल में कुछ दूर जा चुके, तो सरदार ने पार्वती से कहा—तुमने (पहली बार उसने 'तुम' कहा) मुझे उसे मारने क्यों नहीं दिया? वह तो इसी लायक था। प्रेम की पाती लिखकर भेजते रहे महज़ कविता में रंग लाने के लिए और इधर हज़रत शादी करके बैठे हैं। धरती ऐसे कवियों के रक्त की प्यासी रहती है।

पार्वती इसपर खिलखिलाकर हंस पड़ी। तीनों जंगल की राह आगे बढ़ते रहे।

कुमार परेशान हो रहा था कि जाने पार्वती का क्या उद्देश्य है। अजीब स्त्री है कि इसने एक बार भी नहीं पूछा कि हम लोग कहां चल रहे हैं, कौन हैं, उसके साथ क्या करना चाहते हैं!

वर्षा की रात थी। कभी बादल आ जाते थे, तो घुप्प अंधेरा हो जाता था, दम घुटने लगता था, और कभी अच्छी चांदना खिल जाता था। उसीमें ये तीन प्राणी जंगल को चीरते हुए चले जा रहे थे। वह भविष्यवाणी-सी करती हुई बोली—कपिल मेरे कारण कवि बना, अब वह समझ बैठा है कि वह असल में कवि है—प्रेमिक होना, न होना उसके लिए कोई अर्थ नहीं रखता। उसे रसकी सज़ा मिलेगी। हजारीबाग से पहला वारंट तो उसीके नाम आएगा। वह किसी तरह अपने को बचा नहीं पाएगा। मरे हुए को मार करके हाथ गन्दा करने से क्या फायदा था?

सुनकर कुमार की मज्जा तक में कंपकंपी आ गई। वह तो इसे एक

बहुत ही साधारण स्त्री समझता था, पर यह तो बहुत ही घुटी हुई है। भला ऐसी खतरनाक स्त्री को सरदार अपने ठीहे पर क्यों ले जा रहा है? इसके कारण दल का सर्वनाश हो जाएगा। पर सरदार तो बहुत खुश लग रहा था। उसके लहजे से लगता था कि घटनाएं बिलकुल उसी नहर में बह रही हैं, जो उनके लिए खोदकर रखी गई है।

दो घण्टे चलने के बाद वे जंगल में पहुंच गए। पहरे पर तैनात डाकुओं ने टोका, फिर वे पहचान लिए गए। साथ में एक स्त्री को देखकर जो लोग जगे थे, कानाफूसी करने लगे, यह तो कुमार को उसी समय पता लग गया। उसके भीतर कुछ करकराया, कुछ जैसे तड़का, पर वह चुप रहा।

जब मान्धाता और कुमार पार्वती को लेकर उस तम्बू में पहुंचे जिसमें इस समय केवल रघुनाथ था, तो पार्वती ने मान्धाता से कहा—तो तुम डाकुओं के सरदार हो?

प्रश्न के उत्तर की प्रतीक्षा किए बिना ही वह स्वाभाविक स्वर में बोली—बहुत अच्छा हुआ, मैं भी तुम लोगों के साथ काम किया करूंगी।

सरदार ने इसका कोई उत्तर नहीं दिया।

इस प्रकार इस जंगल में एक नये ही अध्याय का सूत्रपात हुआ था।

यह डेढ़ वर्ष पहले की बात है। सरदार में और कोई परिवर्तन नहीं आया था। पर सब डाकुओं को ऐसा लगता था कि वह पार्वती पर बुरी तरह आसक्त है। पार्वती पुरुष का वेश बनाकर कई डाकों में गई थी और डाकुओं को देखकर आश्चर्य हुआ था कि वह बहुत ही साहसी है। इस साहस के कारण और भद्रकाली देवी की नित्य पूजा करके तभी पानी पीने के कारण डाकुओं ने उसे सरदार की पत्नी के रूप में मान लिया था। वे उसे पीठ पीछे सरदारनी कहते भी थे।

पार्वती की भविष्यवाणी सच निकली थी। कपिल पार्वती के पति की हत्या के अपराध में गिरफ्तार हो गया था और यद्यपि उसने तथा उसके

वकील ने बहुत साहस के साथ मुकदमा लड़ा था, फिर भी उसे आजन्म कारावास की आज्ञा हुई थी। यह सब खबर कुमार ही लाता था। कपिल को आजन्म कारावास की सजा हो गई, सुनकर पार्वती कुछ पसीजी थी। उसने शायद कुमार से ऐसा कह दिया था कि अब काफी हो गया। किसी अच्छे, वकील से इसकी अपील लड़ानी चाहिए।

पर यह सुनकर सरदार एकदम से नाराज़ हो गया था। पर कुमार स्वयं अपने लिए कपिल का पता रखता रहा और एक दिन उसे मालूम हुआ कि सन्देह का फायदा देकर कपिल छोड़ दिया गया है। पर उसने यह खबर किसीको नहीं बताई थी। इस खबर से उसे न जाने क्यों खुशी हुई थी।

जब से पार्वती बीच में आ गई थी, तब से रघुनाथ और कुमार की दोस्ती बढ़ने लगी थी। यहां तक कि अब वह रघुनाथ का ही दोस्त था, सरदार का वह केवल एक विश्वासपात्र साथी-मात्र था। इसी स्थिति में रघुनाथ शहर घूमने गया था और गिरफ्तार हो गया था। खबर लाने के लिए स्वाभाविक रूप से वही भेजा गया था।

2

जब रघुनाथ गिरफ्तार होकर जेल पहुंचा, तो वह एकदम टूट चुका था, क्योंकि वह जानता था कि जिस प्रकार वेश्यालय में वह गिरफ्तार हुआ है, वह सरदार को कतई पसन्द नहीं होगा। जेल पहुंचने के दूसरे ही दिन पंडित शामनाथ पुलिस सुपरिटेण्डेण्ट उससे मिलने आए। दो-चार वाक्यों के बाद ही उन्होंने कहा—यों तो तुम्हें फांसी होगी, पर तुम सारे गिरोह को, खास करके मान्धाता को पकड़ा दो, तो हम तुम्हें माफी दिला सकते हैं। तुमने देख तो लिया कि आखिर पुलिस के हाथ बड़े लम्बे हैं। सब जगह उसके जाल बिछे हुए हैं। भागकर कहीं नहीं जा सकते...

पर रघुनाथ ने कुछ भी कहने से इन्कार किया। उसने साफ कह दिया कि मुझे कुछ नहीं मालूम। उसने गिरोह के अस्तित्व से ही इन्कार कर

दिया।

पंडित शामनाथ को बड़ी निराशा हुई, पर उन्होंने सोचा, अभी इसपर जेल भली भांति छाई नहीं है। वे पांच-छ: दिन तक आए ही नहीं, फिर आकर उन्हीं बातों को उसी लहजे में कहने लगे—तुम कहते हो कि गिरोह नहीं है, मैं कहता हूं कि गिरोह है और बड़ा भारी गिरोह है। तुम्हारे भाई ने एक कातिल औरत को अपनी रखैल करके रख लिया है। मुझे सब पता है।

—कातिल औरत को?

रघुनाथ को पार्वती के पूर्व-जीवन का कुछ पता नहीं था। कुमार ने उसे कुछ नहीं बताया था। और सरदार से पूछने का प्रश्न ही नहीं उठता था। उसने पूछा—कातिल औरत को?

तब पंडित शामनाथ ने यह बताया कि किस प्रकार उमा (तो उसका असली नाम यह था?) ने अपने पति की हत्या की थी और फिर वह भाग गई थी। पुलिस का यह खयाल था कि अपने प्रेमिक के साथ मिलकर उसने यह हत्या की थी, पर बाद को पता लगा कि प्रेमिक का इसमें कोई हाथ नहीं था, उमा ने ही हत्या की थी।

यह सारी कहानी रघुनाथ को पहली बार मालूम हुई। क्या यह झूठ है? केवल उसे कमजोर बनाने के लिए कहा जा रहा है? उस दिन जब पंडित शामनाथ उसके मन में सन्देह का बीज बोकर चले गए, तो रघुनाथ बड़ी देर तक सोचता रहा कि इतनी सारी बातें हो गई और उसे कुछ बताया नहीं गया। अवश्य उसने कुछ पूछा भी नहीं। पूछने का नियम ही नहीं था, विशेष कर सरदार के निजी जीवन के सम्बन्ध में।

अच्छा, तो यह बात है? उसकी असलियत तो अब खुल गई कि वह पतिघातिनी है। उसका कोई प्रेमिक भी था यानी पहले ही से बिगड़ी हुई है, फिर वह इस प्रकार सती-साविली क्यों बनती है? सरदार को उसे डाकुओं के गिरोह में रखने का कोई अधिकार नहीं था। पुलिस को सब कुछ मालूम हो ही चुका है, शायद उसी हत्यारिन के लिए ही दल पर मुसीबत आए। सरदार को दल से बाहर घूमते समय कुछ भी करने का अधिकार था, पर

उस गिलाज़त को अपने जंगल में ले आना जंगल को अपवित्र करना था और अपनी देवी भद्रकाली का अपमान था। तभी वह चुडैल भद्रकाली की इतनी व्याकुलता के साथ पूजा करती है। क्या पता, केवल दिखाती हो। जब वह अपने पति की नहीं हुई, अपने प्रेमिक की नहीं हुई, तो वह सरदार मान्धातासिंह की कैसे होगी? सरदार को चाहिए था कि उसे एक वेश्या के रूप में रखते और बारी-बारी से सब साथियों को, जो जाना चाहें, उसके पास जाने का अधिकार होता। कुमार ने बताया था कि हर समय सेना के साथ-साथ सरकारी तौर पर वेश्याओं की एक टोली भी चलती है, फिर हमी लोग ऐसे ब्रह्मचारी, वीर-व्रतधारी क्यों बनें? और इस वीर-व्रत की पोल तो यह है कि सरदार ने स्वयं उसे तोड़ दिया और दूसरों से वह आशा करता था कि वे वीर-व्रतधारी बने रहें।

वह अपनी लोहे के सींखचों वाली कोठरी के अन्दर बेड़ियों से जकड़ा हुआ करवटें बदलता रहा और उसकी सांसें गुस्से में आए हुए सांड की तरह फों-फों करके चलती रहीं। नम्बरदार कई बार लालटेन से उसे देख गया और उसने सींखचों को भी हिला-हिलाकर और डण्डे मार-मारकर देखा कि कहीं से वे कट तो नहीं गए हैं। इससे रघुनाथ का क्रोध और बढ़ा।

जब अगले दिन पंडित शामनाथ आए, तो वह उनकी बात ध्यान से सुनने के लिए तैयार था। पंडित शामनाथ आज धोती-कुर्ते में आए थे, चन्दन लगाए हुए थे, अभी तक उनके चेहरे पर पूजा में बैठने से जो मुग्ध शान्ति आती है, वह तैर रही थी, बोले—लो, मैं तुम्हारे लिए मन्दिर से फूल लाया हूं। ईश्वर तुम्हें सुबुद्धि दें। अभी तुम जवान हो, कुछ नहीं बिगड़ा है। ज़िन्दगी को नये सिरे से शुरू करो, यही एक बूढ़े की सलाह है। मैंने बहुत देखा है, फांसी पर चढ़ोगे, तो किसीका कोई लाभ नहीं होगा। मैं अपने वश में तुम्हें फांसी पर नहीं चढ़ने दूंगा।

रघुनाथ ने फूल ले लिए और उन्हें माथे से छुपाया। वह कल तक तो यही कह रहा था कि मुझसे न डाकुओं के गिरोह से मतलब, न मैं मान्धातासिंह

को जानता हूं, मैं तो एक साधारण नागरिक हूं...खुर्राट शामनाथ ने खुश होकर हंसकर कहा था—देखो जी, झूठ बोलना इतना आसान नहीं है। अगर तुम डाकुओं के गिरोह में नहीं थे, तो इतने दिन कहां थे? चलो, तुम मेरे साथ चलो और किसीसे यह कहलवाओ कि तुम फलाने गांव या घर में रहते थे, तो मैं तुम्हें अभी छोड़वा दूं।

यह एक चुनौती थी, बड़ी स्पष्ट चुनौती, जिसे रघुनाथ ग्रहण नहीं कर सकता था। वह किससे कहलवाता और कैसे कहलवाता कि मैं अमुक गांव और अमुक घर में गिरफ्तारी से पहले रहता था। रहने का सिर्फ प्रश्न नहीं था, उसके बाद प्रश्न उठता, क्या कर रहे थे, कैसे रोटी चलती थी, इत्यादि-इत्यादि, जिनका कोई अन्त नहीं था।

उसे चुप हो जाना पड़ा था। आज वह बोला—आप मुझसे चाहते क्या हैं, यह तो बताइए।

पंडित शामनाथ समझ गए कि ईश्वर की कृपा और जेल की दीवारों के तुफैल से आधी लड़ाई तो जीती जा चुकी है। वे सम्हलकर उठ गए और बोले—तुम पुलिस की टुकड़ी को रास्ता दिखाकर ले चलो, हम बाकी सब काम कर लेंगे।

पर रघुनाथ इसपर राजी नहीं हुआ, उसने फिर बिल के अन्दर मुंह कर लिया और कहा—आप किस गिरोह की बात कह रहे हैं, मैं नहीं जानता।

पंडित शामनाथ समझ गए कि वे पहले राउंड में तो हार गए।

पंडित शामनाथ ने उठते हुए कहा—तो मेरा अन्तिम प्रस्ताव सुन लो, तुम किसी तरह मान्धातासिंह को पकड़ा दो, तो हम तुम्हें छोड़ दें।

रघुनाथ मन ही मन मान्धाता से छुट्टी करना चाहता था और यह चाहता था कि उसके बाद वह गिरोह का सरदार बने, साथ ही उमा या पार्वती का प्रेमिक बने। बोला—खैर, मान्धाता को मैं जानता हूं, क्योंकि वह मेरा भाई है, पर यहां से मैं उसे कैसे खोज सकता हूं? यों वह कभी-कभी मुझसे मिला है, पर मैं नहीं जानता कि वह डाकुओं का सरदार है, पर जब आप कहते

हैं, तो मैं मान लेता हूं।

पंडित शामनाथ समझ गए कि मछली फिर चारे के पास आ रही है, गिरोह को नहीं पकड़ाएगा, पर मान्धाता से इसकी कुछ अदावत मालूम होती है, बोले—भई, तो जैसे समझो, उसे पकड़ा दो, हमसे और कोई मतलब नहीं।

—पर मैं कैसे पकड़ाऊं? यहां से तो मैं कुछ कर नहीं सकता। आप मुझे छोड़ दें, तभी न मैं कुछ कर सकता हूं।

पंडित शामनाथ समझ गए कि अब यह चारा निगलने को तैयार है, पर कहीं ऐसा तो नहीं कि सूत तुड़ाकर भाग जाए तो बंसी से भी हाथ धोएं। इसपर कहां तक विश्वास किया जा सकता है? कहीं यह धोखा देकर छूटना तो नहीं चाहता? पर यह अजीब सौदा है। इसमें एक पक्ष को दूसरे पक्ष का विश्वास करना ही पड़ता है। इस क्षेत्र में विश्वास न करने का कोई अर्थ भी नहीं होता। यों तो इसे डराने-धमकाने के लिए कहा जा रहा है कि तुम्हें फांसी होगी और काला पानी होगा, पर असलियत यह है कि अकेले आदमी पर 365 (डाका), 366 (कत्ल के साथ डाका) या 400 (गिरोहबन्दी) चलाना हास्यास्पद लगेगा। पुलिस-विभाग की ही भद्द होगी, जब यह कहा जाएगा कि इस गिरोह में सौ के करीब आदमी हैं और करीब उतने ही अस्त्र हैं, तो केवल टुट रू-टूं एक आदमी पर मुकदमा चलाना हास्यास्पद लगेगा। पुलिस की इससे भद्द ही होगी। गवाही थोड़ी-बहुत मिल जाएगी, सज़ा तो उतने से हो भी जाएगी, पर एक इसे सज़ा कराने से क्या लाभ है? इसपर तो 110 भी चला सकते हैं, कम से कम यह दफा चलाने पर तो पुलिस की भद्द पिटने की सम्भावना नहीं है।

पंडित शामनाथ बोले—अच्छी बात है, अगर तुम वचन दो, तो उस सम्बन्ध में सोचा जा सकता है। मैं अपने विभाग वालों से पूछूंगा। तुम वचन तो दो।

रघुनाथ कुछ देर तक चुप रहा, उसके चेहरे पर कई रंग आए और गए। अन्त में बोला—मैं वचन देता हूं।

इसके बाद दो दिन तक शामनाथ नहीं आए, पर वचन देने के बाद रघुनाथ के लिए जेल में एक-एक पल रहना दूभर हो रहा था। वह पंडित शामनाथ की प्रतीक्षा कर रहा था, तभी उसने देखा कि एक नम्बरदार उसके जंगले की तरफ अजीब तरीके से झांक रहा है, कभी इस तरफ देखता है, कभी दूसरी तरफ देखने लग जाता है। जब-जब आंखें मिलीं, तब-तब वह मुस्करा देता था, जिससे लगता था कि वह शायद उसे पहचानता है। कौन हो सकता है? क्या यह अपने दल का कोई है, जो यहां 109 या 110 में सज़ा काट रहा है? रघुनाथ ने उस अपरिचित व्यक्ति को ध्यान से देखा, पर याद नहीं पड़ा।

वह नम्बरदार थोड़ी देर तक तांक-झांक करके चला गया। कम से कम कोठरी में बैठे हुए, बेड़ियों से जकड़े हुए रघुनाथ को ऐसा ही लगा।

रघुनाथ जेल में बन्द कभी तो आशा के सहारे एवरेस्ट की चोटी पर जा बैठता था, जहां वह और पार्वती होती थी, और कभी वह अतल गहराइयों में डूबकर बिलकुल समुद्र के नीचे की ज़मीन से जा लगता था। पता नहीं वह नम्बरदार क्यों आया और क्यों चला गया। सहजात बुद्धि बता रही थी कि जब वह ऐसा मौका लगाकर आया था कि पहरे वाला नम्बरदार गायब है, तब वह अवश्य कुछ कहना चाहता था। पर वह क्या कह सकताथा? वहभी तो आखिर एक कैदी ही है, वह उसे क्या सहायता दे सकता है? अधिक से अधिक सहानुभूति प्रकट करने आया होगा, मानो कोठरी में बन्द बेड़ी पड़े हुए ऐसे व्यक्ति के लिए, जिसे फांसी होगी, सहानुभूति कोई अर्थ रखती थी। जैसे मिट्टी का तेल डालकर जलाया, वैसे चन्दन की लकड़ी में जलाया। नहीं, वह उस नम्बरदार की मुस्कराहट को व्यर्थ में अधिक महत्त्व दे रहा था। मान लिया कि वह अपने दल का ही कोई व्यक्ति है, जो 110 में सजा काट रहा है, तो वह उसकी किस प्रकार मदद कर सकता है? यदि माना जाए वह कर सकता है, तो अपनी मदद न करता? बहुत होगा बीड़ी या तम्बाकू पहुंचाएगा, जिसका उसे कोई मोह नहीं है। जब जान जा रही है, तो बीड़ी मिली या न मिली, कौन

पूछता है। हां, यदि मरने के पहले उमा एक बार मिलती, तो वह कोई बात होती।

पर वह नम्बरदार दिन के तीन बजे फिर आया, जब अपना नम्बरदार उसी प्रकार से गायब था। अब की बार उसने समय नष्ट नहीं किया बल्कि सीधे जंगले के पास आ गया और उसने एक बार इधर-उधर देखकर ही उसे एक पत्र दिया। देकर ही वह गायब हो गया। एक पत्र था, आधी इंच की एक पेंसिल थी और थोड़ा कागज़ था। पत्र कुमार का था, जिसमें लिखा था—हम लोग तुम्हें भूले नहीं हैं। सरदार ने खबर लेने के लिए मुझे भेजा है। तुम घबड़ाओ मत। हम किसी न किसी तरह तुम्हें छुड़ा लेंगे।

संध्या समय बैरकबन्दी के वक्त वह नम्बरदार तालों के साथ आया और वह उत्तर ले गया जिसका आशय था—मैं बिलकुल बेबस हूं। तुम लोगों पर निर्भर हूं। जैसा तुम लोग करोगे, वही होगा।

सवेरे वह सरदार के सम्बन्ध में क्या-क्या ऊल-जलूल सोच रहा था और अब सरदार ने ही उसके लिए आदमी भेजा। अव्वल तो पता कैसे लगा कि वह गिरफ्तार हुआ, फिर यहां का पता लगाया। कुमार बड़ा ही अद्भुत आदमी है। सरदार ने उसीको भेजा। सरदार ने भेजा? हां, सरदार ने ही भेजा होगा। तो फिर वह बगुला भगत शामनाथ जो कुछ कह रहा था, उसे मानने का कोई प्रश्न ही नहीं उठता। उसे लगा कि वह मान्धाता और कुमार के लिए जान दे सकता है। वह शामनाथ की बात कभी नहीं मानेगा, पर उमा को कैसे प्राप्त करेगा? जब तक मान्धाता रास्ते का कांटा बनकर जीवित है, तब तक तो उस गुलाब को अपनी मुट्ठी में पाने का कोई प्रश्न ही नहीं उठता। रात के अंधेरे में, जब वह इन बातों को सोचते हुए करवट बदलता तो बेड़ियां खनखना उठतीं, साथ ही मन भी झनझना उठता।

वह किसी नतीजे पर नहीं पहुंच सका। पहले निकला तो जाए, फिर सोचा जाएगा। परनिकलूंगा कैसे? पता नहीं कैसा क्या कार्यक्रम बने। फिर कार्यक्रम बनने से ही तो काम नहीं बनेगा। यह ज़रूरी है कि उसी समय सब नक्षत्र अनुकूल हों, सारी परिस्थितियां एक ही बिन्दु पर आकर केन्द्रित हों,

ताकि एक धड़ाका हो, जिससे वह अपने को जेल के बाहर जंगल की हरी-हरी गोद में पाए। उसे आज रात को भी नींद नहीं आई।

एक तरफ थे शामनाथ—बगुला भगत ही सही, पर परम प्रतापशाली सरकार का प्रतिनिधि, जो अपने वादों को कार्यरूप में परिणत कर सकता है। दूसरी तरफ मान्धाता, कुमार और दल थे। रघुनाथ की आंखें सुबह-सुबह लग गई और उसने स्वप्न में देखा—वह पार्वती के सामने खड़ा है।

अजीब बात है कि उमा विधवा के वेश में थी। सफेद साड़ी, फूलों के आभूषण नदारद, लहलाते-उफनते यौवन का भी जैसे मान मदित, आंखों में श्मशान की बुझी हुई लकड़ियां...

रघुनाथ ने कहा—उमा जी, यह क्या बात है? भइया कहां?

इसपर उमा ने कोई आश्चर्य नहीं दिखलाया कि वह उमा कहकर पूकारी गई, पार्वती कहकर नहीं और उसने सीधे प्रश्न किया—तुम नहीं जानते? तुम्हींने तो उन्हें पकड़वाया है।

रेल-इंजन जिस प्रकार रेल-इंजन से टकराता है, उस प्रकार से लगाए हुए इस अभियोग से रघुनाथ को इतना ज़बर्दस्त धक्का लगा कि वह जग गया। उसे बहुत बुरा लगा था कि उमा उसे एक घृणित कुत्ते के रूप में देख रही थी, पर वह तो स्वप्न की बात थी। स्वप्न आखिर स्वप्न ही है। छोड़ो उसे। उसने बलपूर्वक इस स्वप्न के सेवार को दूर किया। उमा कितनी गज़ब की सुन्दर लग रही थी! विधवा के वेश में वह कहीं अधिक आकर्षक लग रही थी, जैसे आग पर से राख फूंककर उड़ा दी गई हो और ज्वाला ही ज्वाला दिखाई पड़ रही हो। यह नारी का वह नूर था, जिसे बूढ़े मूसा ने तूर पहाड़ी पर देखा था। रघुनाथ बार-बार याद करके नारी के, जो किसीकी मां, बहन, पत्नी नहीं, नारी के उस विश्वरूप को देखना चाह रहा था।

इतने में उसे लगा कि बहुत-से लोग आ-जा रहे हैं। दाम्भिक जूतों की आवाज़, चाभियों की झनझनाहट, दरवाजे खुलने की खटपट। अब उसका दरवाज़ा खुल रहा था। इस समय थोड़ी देर के लिए वह खुलता है। टट्टी आदि

जाने के लिए साथ में नम्बरदार रहता है, जो खुड्डी के बाहर खड़ा रहता है। वह बेड़ियों के साथ उठ खड़ा हुआ। स्वप्न अभी भीतर-भीतर घुल रहा था।

3

सरदार देर करने वाला जीव नहीं था। बोला—हां, रघुनाथ को छुड़ाना तो चाहिए। यों उसने जो अनुशासन तोड़ा, उसके लिए उसके बाद उसे सज़ा दी जा सकती है। चाहे जो सज़ा दे सकते हैं।

पार्वती इस उत्तर से सन्तुष्ट नहीं हुई। बोली—यदि वह कहे कि तुमने मुझे यहां रखकर अनुशासन तोड़ा है, तो?

सरदार को क्रोध आ गया, बोला—वह यह कैसे कह सकता है? मैं उसे गोली न मार दूंगा?

कहने को तो सरदार ने कह दिया, पर यह सन्देह स्वयं उसके मन में था। बोला—मैं नाहर के पास जाता हूं।

पार्वती बोली—उसे यहीं बुलाओ न। मैं भी सुनूं कि क्या मामला है। इससे मेरा भी तो सम्बन्ध है।

—तुम्हारा सम्बन्ध?

मान्धाता को बड़ा आश्चर्य हुआ, बोला—तुम्हारा क्या सम्बन्ध है? यदि कोई तुम्हारे सम्बन्ध में कुछ भी शब्द कहे तो मैं खड़े-खड़े उसकी जीभ खिंचवा लूंगा और फिर इतने कोड़े लगवाऊंगा कि चमड़ी का पता न रहे। तुमने अभी मेरा असली रूप नहीं देखा है। जब से तुम आई हो, तब से मैं बहुत दयालु हो गया हूं। नहीं तो महीने में एक हत्या ज़रूर हो जाती थी।

यह सब पार्वती को मालूम था। इससे वह खुश ही थी कि इस पशु को उसने बहुत कुछ मनुष्य बना दिया है। पर इस मामले में तो उसका मन यही कह रहा था कि रघुनाथ को छुड़ाने की बात पर इतनी जल्दी से अमल न किया जाए। नाहर के मामले से यही ज़ाहिर होता था। अभी तो रघुनाथ पर मुकदमा चलेगा। फिर मुकदमा भी क्या चलेगा? बहुत-सी डकैतियों में

शिनाख्त हो सकती थी, पर इन शिनाख्तों से क्या काम बनता? गिरोह को बिना पकड़े एक डाकू को सजा दिलाने से पुलिस की जगहंसाई ही होती। हां, पुलिस झूठे मुकदमे, जैसे राहजनी के, चला सकती है, जैसा नाहर के मामले में चलाया था। अपने ही गवाह हैं, अपनी ही अदालत, अपना जज, चाहे जो कुछ करे।

मान्धाता ने कहा—अच्छी बात है, उसे यहीं बुलवा लेते हैं।

थोड़ी ही देर में नाहर मान्धाता के सामने दरी पर बैठा था। मान्धाता ने पूछा—तुम कुल मिलाकर कितने दिन जेल में रहे?

—छः महीने।

—इस बीच तुमपर मुकदमा चला और तुम्हें सज़ा हुई?

नाहर ने ब्यौरा बताया। सब कुछ सुनकर मान्धाता ने उसे विदाई दे दी। परदे की आड़ में खड़े होकर पार्वती सब कुछ सुन रही थी, बोली—जल्दी करने की ज़रूरत नहीं है। सब कुछ अच्छी तरह सोच लिया जाए।

—सोचना क्या है? जब करना है तो जल्दी ही क्यों न कर लिया जाए। जब नाहर को छुड़ाया था, तब हम लोग कमजोर थे, अब हमारी ताकत बहुत बढ़ गई है। हम चाहें तो रांची जेल तोड़ सकते हैं।

फिर भी पार्वती ने पूरी सहमति नहीं दी। बोली—मेरा मन कह रहा है कि देर करने में ही भलाई होगी, पर जैसा तुम समझो। मुझे इस मामले में बोलना नहीं चाहिए था। मैं भद्रकाली देवी से पूछती हूं।

—भद्रकाली देवी से?

—हां।

और पार्वती उठकर भद्रकाली की पूजा के लिए चली गई। इसके बाद मान्धाता कुमार से सलाह करने निकला। कुमार सौभाग्य से अपने ठीहे पर ही था।

4

रघुनाथ की अदालत में एक बार पेशी हो चुकी थी। पर यह पेशी नाममात्र की थी। असल में उसके विरुद्ध कोई ठोस प्रमाण नहीं था। इस बीच पुलिस के उच्च अधिकारियों ने परामर्श किया, फिर वे इस नतीजे पर पहुंचे कि एक ही तरीका है, वह यह कि रघुनाथ को (असल में उसका नाम यादराम था) मुखबिर बनाकर सारा गिरोह पकड़ लिया जाए, तब मुकदमा चले तो कुछ आनन्द भी आए। दस डाकुओं को कम से कम फांसी हो, एक स्त्री को भी फांसी नहीं तो काला पानी हो, बाकी डामिल हो जाए। यों झेंप मिटाने के लिए 110 लगाकर सज़ा तो की ही जा सकती थी, पर उसका तो कोई अर्थ नहीं होता। 106 और 110 तो पुलिस वालों की इज़्ज़त बचाने के लिए हैं। उनमें उनका कोई कृतित्व प्रमाणित नहीं होता। ये दो दफे तो उनकी नालायकी के नंगेपन को ढकने के लिए अंजीर के पत्ते-मात्र हैं। जब यह नतीजा निकाल लिया गया कि मुखबिर बनाना चाहिए, तब पण्डित शामनाथ दौड़-धूप करने लगे। वे तीस साल से अपराधियों के किसी न किसी प्रकार के सम्पर्क में रहे और कई बड़े मामलों में उन्होंने ख्याति पाई थी। पहले रायसाहबी मिली थी, फिर रायबहादुरी। अब स्वतन्त्र भारत में वे पद्मश्री की आशा करते थे, आशा क्या, यह तो निश्चित ही था यदि वे मान्धाता के गिरोह को पकड़ पाते।

उन्हें लग रहा था कि रघुनाथ कुछ-कुछ पसीज रहा है, पर वह एकाएक कड़ा पड़ गया। पंडित शामनाथ इसपर चिन्तित हो गए। उन्होंने सोचा, यह जो पानी ढलान की ओर जाते-जाते एकाएक ऊपर की ओर उछलने लगा, इसका कोई कारण होना चाहिए, यद्यपि वह कारण दिखाई नहीं पड़ रहा था, पर कारण था ज़रूर। ऐसे मामलों में जो कारण होते हैं, उसकी तरफ उनका ध्यान गया। क्या एकाएक इस व्यक्ति को पश्चात्ताप होने लगा? वह तो स्पष्ट है, पर क्यों?

उन्होंने जेलर से भेंट की। उसी दिन उस हाते के, जिसमें रघुनाथ बन्द

था, सारे वार्डर, नम्बरदार, पहरेदार बदल दिए गए और रघुनाथ की कोठरी बदल दी गई। उसकी बेड़ियों के रिवेट देखे गए कि वे ठीक हैं कि नहीं। सफाई के कारण वह जो घण्टा दो घण्टा खुलता था, उसमें कमी कर दी गई। अगले दो-तीन दिनों तक पंडित शामनाथ रघुनाथ से मिले ही नहीं। वे जेलर से मिलते रहे, क्योंकि उनका ख्याल था कि जब तक जड़ में बुराई होगी, तब तक पौधा वांछित ढंग से फल नहीं दे सकता। जड़ को ठीक करना प्रथम कर्तव्य था।

जेलर ने रायबहादुर के अनुरोध पर पूरी सख्ती रखी, पर कहीं कुछ पता नहीं लगा। यहां तक कि उसने यह कह दिया—पंडित जी, आप गलत सन्देह कर रहे हैं। हमारे यहां चिड़िया भी पर नहीं मार सकती। मान्धाता के गिरोह में एक से एक बदमाश इकट्ठे हैं। इसे तो आप थाने में ले जाकर मार-पीट करिए तभी काबू में आएगा।

पंडित शामनाथ ने यह तरीका न सोचा हो, ऐसी बात नहीं, पर वे पहले ही इस नतीजे पर पहुंच चुके थे कि मार-पीट करने से पसीजने वाला टाइप यह नहीं है।

पंडित शामनाथ चुप बैठने वाले व्यक्ति नहीं थे। वे उस वेश्या के यहां पहुंचे, जिसके यहां रघुनाथ गिरफ्तार हुआ था। यह वेश्या इसके पहले भी दो-एक अपराधियों को पकड़ा चुकी थी, इस नाते वह पुलिस अधिकारियों से बहुत खुली हुई थी, फिर भी जब इलाके के दरोगा जी इस भारी-भरकम अफसर को (वे इस समय वर्दी में नहीं थे) ले आए, तो वह कुछ सहम गई। पंडित जी ने दरोगा जी से कहा—आप जाइए, मैं बात कर लूंगा।

दरोगा जी इससे खुश नहीं हुए, क्योंकि उन्हें यह पता नहीं था कि किस कारण पंडित शामनाथ एकाएक यहां पधारे हैं और बिरजन से बात करना चाहते हैं। दरोगा जी जब-तब स्वाद बदलने के लिए वेश्याओं का सेवन करते थे, जिसे भी खाली देखते थे, उसके यहां घुस पड़ते थे। यह तो स्पष्ट है कि वे रुपया-पैसा कुछ नहीं देते थे, उल्टा वेश्यानों को ही उन्हें पान-तम्बाक देना पड़ता था। दरोगा जी डर रहे थे। यद्यपि ज़्यादा डर नहीं था, क्योंकि

उन्हें विश्वास था कि जवानी में पंडित शामनाथ भी ऐसे ही करते होंगे।

दरोगा जी चले गए और पंडित शामनाथ ने बिरजन से पूछना शुरू किया—क्या वह तुम्हारे पास पहली बार आया था?

—जी हां।

पंडित शामनाथ की समझ में नहीं पा रहा था कि कहां से बात शुरू करें, क्योंकि असल में वे जानना चाहते थे कि वह कहां तक आ सकती थी। क्या इस वेश्या को इस्तेमाल करके रघुनाथ को कमज़ोर बनाया जा सकता है?

उन्होंने पूछा—तुमने इससे पहले उसको कभी देखा था?

—हां, देखा था। एक और आदमी के साथ वह कई दफे इस सड़क से जा चुका था, पर वे दोनों कभी किसी वेश्या के यहां नहीं जाते थे, हां, चलते हुए कोठों की तरफ घूरते ज़रूर जाते थे। दूसरा आदमी तो घूरता भी नहीं था, यही घूरता था।

उस दिन बातचीत यहीं तक रही, फिर अगले दिन पंडित शामनाथ आए और उन्होंने कई फोटो बिरजन के सामने रखते हुए कहा—पहचानो, इनमें से कौन उसके साथ होता था?

बिरजन बड़े ध्यान से सब फोटो देखती रही, फिर एकाएक एक फोटो उठाकर पंडित शामनाथ को देती हुई बोली—यह आदमी मालूम होता है।

रायबहादुर की आंखें चमक उठीं। यह कुमार का फोटो था जिसका असली नाम अशोककुमार था। मुदर्रिस था। एकाएक कोई हत्या हो गई, भागा, तो इस गिरोह में शामिल हो गया। मुदर्रिसी के जमाने का रिकार्ड बहुत अच्छा था। अपने एक छात्र को ज़मींदार के जुल्म से बचाने के लिए बात का बतंगड़ हो गया, लाठी चल गई और जमींदार मारा गया। रायबहादुर हंसे कि डाकुओं के गिरोह में भी वह आदर्शवादी बना हुआ था, शायद रघुनाथ की इच्छा के कारण वह इधर से गुज़रता था, पर ऊपर को नहीं ताकता था। एक नई बात का तो पता लगा कि कुमार इसका मित्र है। कहीं कुमार ने ही कोई पत्र प्रादि तो नहीं भेजा है, जिसके कारण इसका दिमाग एकाएक कस गया और उसमें बाहर की हवा जानी बन्द हो गई?

रायबहादुर सहजात बुद्धि से इस नतीजे पर पहुंचे कि कुमार ज़रूर इधर आया होगा, उसने चोरी से तिकड़म के द्वारा किसी वार्डर के हाथ कोई पत्र भेजा होगा। अवश्य भेजा होगा। इसमें कोई सन्देह नहीं। रायबहादुर इस सम्बन्ध में उतने ही निश्चित थे, जितना कि वह ज्योतिषी निश्चित था, जिसने दो ग्रहों की गति में कुछ गलती देखकर यह अनुमान किया था कि इनके बीच कोई ग्रह ज़रूर है, जिसकी आकर्षण-शक्ति के कारण हिसाब में और वस्तुस्थिति में फर्क आ जाता है। रायबहादुर अब इसी दिशा में चलने लगे।

साथ ही वे रघुनाथ से मिलते रहे, पर कुछ सफलता नहीं मिल रहीथी। उन्होंने रघुनाथ को कई तरह से घेरना चाहा, पर वह किसी भी तरह कहीं से पकड़ में नहीं पा रहा था। बार-बार यही कहता था कि मान्धाता ज़रूर मेरा भाई है, यह भी सुना है कि उसका कोई गिरोह है, पर मुझे उसके सम्बन्ध में कुछ नहीं मालूम।

रायबहादुर ने तब एक दिन केवल रघुनाथ को एक धक्का देने के लिए कहा—इस मामले में छूट जाने पर भी वह पुराना मामला तो तुमपर चल ही सकता है और फांसी देने के लिए वही मामला काफी है।

रघुनाथ समझता था कि वह वर्षों पहले का मामला हो गया, अब उसे कोई याद नहीं रखता होगा। डाडुओं के इस गिरोह में ही उसे सात साल हो गए थे। उसने वह किस्सा अपने भाई को भी नहीं बताया था। योंही एक दिन अन्दाज़ से जंगल की तरफ चल पड़ा और भटक-भटकाकर जब डाकुओं के हाथ पड़ गया,-डाकुओं ने तो यह समझकर उसे पकड़ा था कि कोई जासूस है—तो भाई के सामने पहुंचकर उसने इतना ही कहा था—भइया, मुझे भी अपने साथ रख लो। मुझे घर अच्छा नहीं लगता।

उसने यह नहीं बताया था कि उसने अपने पट्टीदार के घर में रात में आग लगा दी थी, जिससे और सब तो भागकर बच गए थे, पर एक बच्चा जो गलती से रह गया था, वह जलकर मर गया था। ऐसा उसने खेती-

सम्बन्धी किसी झगड़े के कारण किया था, जिसका ब्यौरा उसे अब अच्छी तरह याद भी नहीं था, क्योंकि कई झगड़े थे। मान्धाता ने उसे सिर से पैर तक एक दृष्टि देखकर अपने साथ रख लिया था। कुछ दिनों तक उसपर सन्देह रहा, पर डाकों के अवसर पर उसने इतना अच्छा काम किया कि जल्दी ही वह सरदार का विश्वासपात्र हो गया। यह सन्देह जाता रहा कि वह पुलिस का खुफिया बनकर गिरोह का सर्वनाश करने आया है।

एक अवसर पर डाकू बुरी तरह घिर गए थे। लगता था कि गांव वाले दो-चार को पकड़ लेंगे। चारों तरफ से बड़ा भारी रेला 'पकड़ो-पकड़ो, मारो-मारो' करके चिल्ला रहा था। एक-एक बड़े पेड़ के तने की आड़ में जाने कितने आदमी खड़े थे, बहुत ही खतरे का मौका था। सरदार अपनी विन्चेस्टर राइफल से दो आदमियों को गिरा चुका था, फिर भी भीड़ ज्वार के पानी की तरह चारों तरफ से उमड़ पड़ रही थी। चांद भी निकलने ही वाला था, जिसके लक्षण आकाश के उस कोने में दिखाई दे रहे थे जिधर भागना था। यदि चांद निकल जाए, तब तो डाकुओं का सर्वनाश ही हो जाए। क्योंकि चांद आगे-आगे, उसके पीछे डाकू और उनके पीछे पीछा करने वाले हों, तब तो बस...।

सरदार ने लौटने की सीटी बजा दी थी, पर लौट ही तो नहीं पा रहे थे। तब रघुनाथ ने एक बहुत ही अजीब बात की। उस समय तो पता नहीं लगा था कि किसने यह बात की, पर बाद को पता लगा। वह यह कि उसने एक दियासलाई लेकर एक झोंपड़ी में आग लगा दी। सब लोग डाकू खदेड़ने में लगे थे, यहां तक कि उस झोंपड़ी के लोग भी। उनको पहले तो कुछ पता नहीं लगा, पर जब सूखी फूस पाकर शिखा ऊपर को फैली, तब गांव वाले डाकुओं का पीछा करना छोड़कर अपने-अपने घर और बखरी के बचाव के लिए दौड़ पड़े।

बात की बात में स्थिति बदल गई। संकटपूर्ण स्थिति समाप्त हो गई और डाकू मज़े में लूट का माल लेकर भाग निकले। अब तो गांव में ललकार की बजाय हाहाकार फैल गया था। डाकुओं ने मीलभर जाकर पीछे मुड़कर देखा तो बहुत ज़ोर का अग्निकाण्ड हो रहा था। लग रहा था कि सारा गांव

ही जल रहा था।

बाद को पता लगा था कि रघुनाथ ने ही आग लगाई थी। मान्धाता ने उसकी बड़ी प्रशंसा की और तब से यह डाकुओं की एक नई तकनीक हो गई कि जहां भी गांव वाले ज्यादा हिम्मत दिखाते, वहां डाकू फौरन बिना सोचे-समझे दो-चार झोंपड़ियों में एकसाथ आग लगा देते थे, बस, फिर तो लेने के देने पड़ जाते थे। रघुनाथ इस नई तकनीक का प्रवर्तक था।

रायबहादुर की इस बात पर रघुनाथ उर्फ यादराम बहुत घबडाया, फिर भी उसने रायबहादुर के साथ किसी प्रकार सौदा करने से इन्कार किया। गिरफ्तारी के बाद दूसरी पेशी भी हो चुकी थी और पुलिस ने फिर मोहलत मांगी थी।

रायबहादुर ने कहा—तुम नहीं मानोगे तो हम तुम्हें डाल्टनगंज भेज देंगे, वहीं तुमपर हत्या करने के इरादे से आग लगाने का और हत्या करने का मुकदमा चलेगा। हमने यह प्रतिज्ञा कर ली है कि तुमपर 110 हर्गिज़ नहीं चलाएंगे। या तो हम तुम्हें छोड़ देंगे और ऐसा हम तभी करेंगे, जब तुम वादा कर लो कि गिरोह को पकड़ा दोगे : हमारा एक आदमी तुम्हारे साथ जाएगा; और नहीं मानोगे, तो हम तुम्हें उसी मुकदमे के लिए भेज देंगे।

रायबहादुर ने देखा कि उसके चेहरे पर चिन्ता की रेखाएं उभरी, फिर भी वह नहीं पसीजा। तब उन्होंने कहा—हम तुमपर से पुराना मुकदमा बिल्कुल हटा लेने को तैयार हैं। तुम चाहो तो बिरजन के साथ रहो, पर तुम्हें हमारा काम करना पड़ेगा।—कहकर रायबहादुर ने अपनी आदत के अनुसार यह भी समझाया कि रायबहादुर का काम ही ईश्वर का काम है और जो रायबहादुर की बात नहीं मानता, वह ईश्वरद्रोही है। उसका यह लोक तो बिगड़ेगा ही, क्योंकि जेल में रहेगा, परलोक भी बिगड़ जाएगा।

इस प्रकार दोनों में देर तक बातचीत और रस्साकशी होती रही, पर रघुनाथ टस से मस नहीं हुआ। रायबहादुर भीतर ही भीतर हंसे कि बेटा समझ रहे हैं कि मुझे कुछ नहीं मालूम। जेल वाले तो गध हैं, पर मैं तो गधा

नहीं हूं। अच्छी बात है, ...रायबहादुर उठ पड़े और रोज़ की तरह बिदाई लेकर नहीं, बल्कि एकाएक उठकर चल पड़े।

वे कई दिनों तक नहीं आए। जेल से भागने के निर्दिष्ट दिन की सब तैयारियां पूरी हो चुकी थीं, बस भीतर जंगला और बेड़ियां काटने की देर थी। अमावस्या की रात्रि थी। चांद का डर नहीं था। उस दिन रायबहादर दिन के तीन बजे एकाएक रघुनाथ की कोठरी में पहुंचे। इसके पहले जब भी वे मिलते थे तो रघुनाथ को फाटक पर बुलवाते थे और वहीं उससे बातचीत करते थे, पर आज वे सीधे खटपट करते हुए कोठरी में पहुंच गए।

लोहा काटने की आरी फट्टे के अन्दर इस तरह से डालकर रखी गई थी, यानी वह इस तरह से बिनावट के अन्दर कर दी गई थी कि न तो ऊपर से दिखाई पड़ सकती थी और न फट्टे को झाड़कर तलाशी लेने पर ही वह निकल सकती थी। रायबहादुर को ऐसे मौके पर कोठरी के अन्दर आते देखकर रघुनाथ डर गया कि किसी तरह सारी बात खुल गई है। उसका दिमाग चकरा गया। अब कहां उमा और कहां गिरोह की लीडरी! अब तो जान के ही लाले पड़ गए। मालूम होता है, किसीने विश्वासघात कर दिया। कहीं कुमार भी न पकड़ा गया हो, क्योंकि वही रात को आने वाला था। दीवार के बाहर वह प्रतीक्षा करता और वहीं से दोनों साथी चल देते।

कैसी भयंकर विपत्ति हो गई! जीवन एकाएक मृत्यु में परिणत हो गया। रायबहादुर बिना कुछ कहे अर्थपूर्ण ढंग से जंगले की तरफ, फिर फट्टे की तरफ, फिर दीवारें देखकर अन्त में रघुनाथ की ओर ऐसे ताकने लगे जैसे वह रंगे हाथों पकड़ लिया गया हो। रंगे हाथों पकड़े जाने में अब कसर ही क्या थी? फट्टे में लोहे काटने की दो आरियां थीं। मुखबिर ने अवश्य यह भी बता दिया होगा। यह तो खैर किसीको पता नहीं कि आरियां कहां रखी गई हैं, पर आरियां कोठरी के भीतर ही होंगी, तभी न वे काम में आ सकती हैं। अच्छा होता यदि वह आरियों को बाहर गाड़ रखता और बैरकबन्दीके समय ले आता पर मुश्किल तो यह थी कि बैरकबन्दी के समय बड़ी भीड़

होती है। कोई यह देख लेता कि ज़मीन से कोई कैदी कुछ निकाल रहा है तो उसपर सन्देह होता और उसकी तलाशी ली जाती। इसीलिए उसने आरियों को इस प्रकार से रखा था कि साथ ही रहें। इन आरियों पर ही सारे कार्यक्रम की सफलता निर्भर थी। रायबहादुर अब भी मन्द-मन्द मुस्करा रहे थे, कुछ बोले नहीं थे। वे मुस्कराते ही गए और फिर बोले—मैं समझ गया था कि दाल में कुछ काला है, तभी तुम मेरी बात नहीं सुन रहे थे।

कहकर उन्होंने फट्टे पर,पैर रखा और उसे जूते से कुरेदने लगे, बोले—बोलो, अब क्या कहते हो?

रायबहादुर ने अभी कुछ साफ-साफ नहीं कहा था, इसलिए रघुनाथ कुछ समझ नहीं सका कि क्या कहे। उनका मतलब स्पष्ट था, पर नहीं, अस्पष्ट भी था। यह कैसे आशा की जा सकती है कि कुमार ने वार्डर से बात की, वार्डर राज़ी हुआ, फिर वह लाकर रुपये और आरियां दे भी गया, दिन ठीक हुआ। रस्सियों की नसेनी तैयार हुई। यह सारी बात रायबहादुर को कैसे मालूम हो सकती है? वह बोला—मैं आपकी बात समझा नहीं।

इसपर रायबहादुर मुस्कराए, फिर कान के पास मुंह लाकर धीरे से बोले—आज जा रहे हो न?

कहकर उन्होंने रघुनाथ की पीठ पर एक मृदु थपकी लगाई। थपकी बहुत ही वजनदार थी। पीठ सुन्न पड़ गई। यह पता नहीं लगा कि यह शाबाशी की थपकी थी या कि इस बहाने से मार थी। बोला—जा रहा हूं? कहां जा रहा हूं?

तब रायबहादुर ने कान में कहा—दीवार के भी कान होते हैं। अब बनने का मौका नहीं है। वादा करो कि मान्धाता को पकड़ा दोगे, तभी जाने दूंगा नहीं तो डण्डा-बेड़ी डालकर अभी इसी वक्त डाल्टनगंज चालान कर दूंगा। वहां से तुम कभी भाग नहीं पायोगे, यह ज़िम्मेदारी मेरी रही।

रघुनाथ को ऐसा लगा जैसे एक-एक शब्द उसके कान में गरम शीशे के कतरों की तरह पड़ा, जिससे उसके सारे ज्ञान-तन्तु धुआं भी न दे पाकर जल गए। हृदय कोयला बन गया। सपना राख हो गया। रायबहादुर कहे

जा रहे थे-झूठा वादा न करना, तुम्हारे हाथ हमारा आदमी जाएगा। वादा नहीं करोगे तोहम तुम्हें तो छोड़ेंगे ही नहीं, कुमार को पकड़ लेंगे और उसपर भी ज़मींदार सत्यनारायणसिंह की हत्या का मुकदमा चलवाएंगे। और सुनोगे?

रघुनाथ अपनी मुक्ति को इतना करीब समझ रहा था कि उसके शरीर के सारे रक्तकण उसी आशा की धुन में नृत्य कर रहे थे। अब एकाएक उसकी आंखों में अंधेरा छा गया। शिराओं में रक्त स्तब्ध होकर जम गया। उसे लगा कि वह वहीं पर गश खाकर गिर पड़ेगा। फिर स्मरण हो पाया कि छूटना तो खैर वह चाहता ही है, पर असली सिद्धि जो वह प्राप्त करना चाहता है, वह है उमा का प्रेम नहीं तो उसका शरीर। जब से उसने सुना था कि वह पतिघातिनी है, तब से उसको पाने की लालसा बहुत ही तीव्र हो गई थी। पतिघातिनी में कोई खास बात होती है क्या?

वह नाटकीय ढंग से रायबहादुर के पैरों में गिर पड़ा, बोला—महाराज, मैं नहीं जानता था कि आप इतने बड़े पहुंचे हुए महात्मा हैं। मैं आपके चरणों में प्रतिज्ञा करता हूं कि मैं मान्धाता को अवश्य पकड़ा दूंगा। जो भी आदमी आपका नाम लेकर कुछ कहेगा, मैं उसका हुक्म मानूंगा।

रायबहादुर यही आशा करते थे। बाछे खिल गईं, उन्होंने उसे अपने पैरों पर से उठाते हुए एक फूल दिया और कहा—यह मैं तुम्हारे लिए विशेष कर लाया हूं, ईश्वर तुम्हारी मनोवांछा पूर्ण करे, कभी स्वप्न में भी तुम मुझसे धोखा करने की चेष्टा न करना, क्योंकि तुम जहां भी होगे, मैं तुम्हें खींच लाऊंगा।

रघुनाथ ने कहा—आप हमारे पितृतुल्य हैं, पूज्य हैं, ईश्वर के भक्त हैं, मैं भला आपसे वादाखिलाफी कर सकता हूं!

उसने फूल ले लिया और माथे से छुआकर रख लिया। रायबहादुर निकले जा रहे थे, लौटकर बोले—यदि तुमको मैं छोड़ देता, तब तो कोई डाकू तुम्हारा विश्वास न करता, पर ऐसे जाओगे, तो सब तुम्हें बहादुर समझेंगे, तुम्हारा विश्वास करेंगे, इसीलिए मैंने तय किया कि तुम्हें ऐसे ही

जाना चाहिए। अब भगवान तुम्हारा कल्याण करें।

रायबहादुर जैसे आए थे, उसी तरह निकल गए। रघुनाथ का मन कृतज्ञता से भरा हुआ था कि जान करके भी इसने पकड़ाया नहीं, यह बहुत बड़ी बात है। यह मान्धाता की बलि मांगता है। मैं भावुकता में बह गया था। मेरी आत्मा भी तो यही मांगती है। मान्धाता के रहते हुए मैं उमा का अधिकारी नहीं हो सकता, इसीलिए यह ईश्वर की इच्छा है। ईश्वर की इच्छा का कौन विरोध कर सकता है! यतो नियुक्तोऽस्मि तथा करोमि।

5

जब रघुनाथ जेल से भागकर सकुशल अपने दल में पहुंचा, तो उसका जोरों से स्वागत हुआ। एक बहुत बड़े बरगद के नीचे भद्रकाली की मूर्ति रखी गई और पांच बकरे काटे गए। बड़ी रात तक उत्सव होता रहा। यद्यपि समारोह रघुनाथ के स्वागत में हुआ था, पर लोग तारीफ कुमार की कर रहे थे। रघुनाथ को यह अच्छा नहीं लगा।

पार्वती ने घूम-घूमकर सबको खिलाया। उसने अकेले सौ का काम किया। मान्धाता बैठे-बैठे सारा तमाशा देखता रहा और खुश होता रहा।

मान्धाता दो जून में कम से कम एक जून तो नित्य ही अपने किसी न किसी साथी के साथ खाता था। आज वह सबके साथ बारीबारी से खा रहा था।

सरदार का यह तरीका एकदम संक्रामक हो गया और थोड़ी ही देर में देखा गया कि किसीका कोई पत्तल नहीं है। सब घूम-घूमकर एक-एक पत्तल पर बैठते हैं और थोड़ा खाकर आगे बढ़ जाते हैं। पार्वती ने इस दृश्य का बहुत उपभोग किया और सरदार से कहा भी कि आज तो एक नई बात शुरू हो गई।

रघुनाथ सुन रहा था, उसने एकाएक पार्वती से कहा—आपने तो कुछ खाया नहीं, आइए, आप मेरे साथ खाइए...।

पार्वती ने रघुनाथ की आंखों में झांका, तो वह एकदम बिदक गई। यह तो कोई और निमन्त्रण था। और कोई न समझे, पर वह तो समझ गई। उसे सहसा याद आया कि वह वेश्या के घर पकड़ा गया था, फिर भी उसने मन पर ज़ोर डालकर, वह जिस पत्तल पर बैठा था, उसपर से एक कौर ले लिया और वह भी सबके साथ उसी तरह हर पत्तल से खाने लगी। आनन्द और भी बढ़ गया।

जब रात काफी ढल गई, तब खाना-पीना बन्द हुआ और भद्रकाली की मूर्ति को बक्स में बन्द कर (रात में ऐसा ही किया जाता था) सब लोग उठ गए, तो पार्वती अपने तम्बू में गई। सरदार उसी समय आया, तो पार्वती ने पहली बात यही कही—सब लोग खुश थे, पर रघनाथ खुश क्यों नहीं था?

सरदार ने कौतुक के साथ कहा—उसे शायद जेलखाने की रोटियां ज्यादा पसन्द आ गई हों।

पार्वती इसपर हंसी नहीं और गम्भीर हो गई। बोली—कल जंगल बदल दो, इतनी बात तो मेरी मानो।

सरदार गम्भीर हो गया, बोला—जंगल में तो हमारा काई कुछ बिगाड़ नहीं सकता। दो बार पुलिस की टकड़ियां आ चुकी हैं। अगर हमारे दो-एक आदमी मारे गए, तो हमने उनकी भी दो-चार लाशें गिरा दीं। मरने से मैं डरता नहीं हूं। पर रघुनाथ से तुम्हें खतरा क्यों हो रहा है?

पार्वती ने इसका कोई उत्तर नहीं दिया और न सरदार ने ही फिर पूछा, पर उसने अपनी चिरसंगिनी विन्चेस्टर राइफल उठा ली और उसे खोलकर देख लिया कि पूरी गोलियां हैं कि नहीं? इसकी एक-एक गोली ऐसी थी कि यदि एक कतार में सात आदमी खड़े किए जाएं, तो सातों के आर-पार निकल जाए।

सरदार राइफल लेकर स्वयं यमराज का भी सामना करने के लिए तैयार था। वह कुछ और ही सोचकर पार्वती के पास आया था, पर अब वह राइफल उठाकर चलने को हुआ। यह कोई नई बात नहीं थी, अक्सर वह रात को अन्यत्र सोता था, और सो भी बदलबदलकर। पर आज वह अपनी

खुशी को सम्पूर्ण करने के लिए यहां आया था।

पर रंग में भंग हो गया। वह चलने को हो गया, तब पार्वती ने उसका हाथ पकड़कर अपनी तरफ खींचा और बोली—यहीं रहो। मुझे डर लग रहा है।

सरदार ने राइफल ज़मीन पर रख दी और पार्वती के साथ बैठते हुए बोला—तुम पूरी बात नहीं बता रही हो। क्या सन्देह करती हो?

पर पार्वती अपने सन्देह को कोई रूप नहीं दे सकी। कांटा कहीं खटक रहा था, पर वह कांटा कहां था, इसका उसे कुछ पता नहीं था। वह कुछ बोल नहीं सकी। दोनों बहुत तरह की बातें करते रहे, एक-दूसरे का दुख भुलाते रहे, यहां तक कि सवेरा हो गया।

सरदार बहुत सवेरे ही उस तम्बू में पहुंचा, जहां कुमार और रघुनाथ सो रहे थे। कुमार तो बेहोश होकर सो रहा था, पर सरदार को ऐसा लगा कि रघुनाथ अच्छी तरह नहीं सो रहा है। वह चुपचाप दोनों की बगल में सो गया। थोड़ी देर तक तो वह जगता रहा, पर जल्दी ही नींद ने उसपर छापा मारा और वह बिल्कुल सो गया।

जब कुमार और रघुनाथ उठे, तो उसे लगा कि अब उठना चाहिए, पर वह उठ नहीं सका और फिर सो गया। कुमार ने उसपर एक चादर और डाल दी और सरदार निश्चिन्त होकर सो गया।...सभी कुछ पहले की तरह था। जिस प्रकार से वह इन लोगों के बीच आकर सोया करता था, उसी प्रकार आज भी सोया था और जिस प्रकार पहले उठने वाला बाद को उठने वाले को चादर ओढ़ा देता था, उसी तरह चादर भी ओढ़ाई गई थी, फिर क्या बात थी? रघुनाथ थोड़े दिनों में ठीक हो जाएगा; शायद जिस तरह गिरफ्तार हुआ था, उसके कारण शरमा रहा हो। इतने दिनों तक वन का जो पक्षी पिंजड़े में रह आया, उसके लिए थोड़ा-बहुत बदल जाना कोई अस्वाभाविक बात नहीं थी। पार्वती व्यर्थ में चिन्ता कर रही है।...

सरदार निश्चिन्त होकर सो गया। सोते समय राइफल को छाती से

अच्छी तरह लगा लिया।, जब वह दो-तीन घंटे सोकर उठा, तो कुमार वहां बैठा था, पर रघुनाथ का कुछ पता नहीं था। रघुनाथ का इस प्रकार चला जाना भी कोई आश्चर्य की बात नहीं थी। यह भी हमेशा की तरह था। दोनों में से एक सोते हुए सरदार के पास ज़रूर रहते थे। जब कुमार है, तो रघुनाथ की क्या जरूरत है? दोनों तो नहीं बैठ सकते। आखिर इतना काम है, इतने लोगों को अनुशासन में रखना है, फिर रघुनाथ इसलिए भी गया होगा कि लोगों से उसे बातें भी करनी थीं। वह कल ही तो आया था। परसों रात को वह जेल से निकला था। दिन-भर तो कहीं छिपा रहा, जब मौका लगा तब आदिवासियों के एक गांव तक साधारण सवारी से आया था, फिर वहां से कुमार और रघुनाथ आए थे। फौरन ही उत्सव शुरू हो गया था, क्योंकि तारीख मालूम थी। कहीं कोई गड़बड़ी नहीं थी। सरदार उठ बैठा तो कुमार ने कहा—चाय मंगवाऊं या कि आप उधर ही पीएंगे?

सरदार ने कहा—चाय मंगवायो।

इस बीच उसने मुंह धो लिया और इसके बाद, किस तरह से रघुनाथ को भगाया गया, इसका पूरा इतिहास वह सुनता जाता था, सुनता जाता था और उसे आश्चर्य हो रहा था कि कैसे कुमार ने यह असाध्य साधन किया। मान्धाता कभी जेल नहीं गया था। हां, हजारीबाग की झील घूमने के बहाने वह रिफार्मेटरी और सेण्ट्रल जेल देख पाया था। सेण्ट्रल जेल बाहर से तो केवल दीवार ही दीवार है, एक बहुत बड़ा फाटक है, जिसपर एक सिपाही बन्दूक लेकर खड़ा रहता है, पर पास ही गारद भी थी और केवल गारद ही क्यों, उस एक सन्तरी के पीछे सारी भारत सरकार की शक्ति थी। सरकार के सौ दीवारवाले चंगुल से किसी कैदी को छीन लाना बहुत पराक्रम की बात थी। पराक्रम से अधिक शायद बुद्धिमानी और संगठन की बात थी।

सारी बातें सुनकर सरदार बोला—तुमने जो काम किया, वह बहुत ही अद्भुत है।

कुमार ने प्रोत्साहन पाकर कहा—पर कई बार मैं निराश ही हो गया। विशेष कर उस समय, जबकि अब्दुल वदूद वार्डर की, जिससे सारा काम होता था, एकाएक बदली हो गई, यहां तक कि उससे भेंट करने का भी मौका नहीं मिला।

—हूं।

—तब मैंने सोचा कि क्या किसी तरह राज़ खुल गया, क्या किसीने मुखबिरी कर दी? मैं निराश होकर वार्डर के घर से लौट रहा था कि रास्ते में मैंने यह अनुभव किया कि मेरे पीछे-पीछे कोई चल रहा है। मैंने चाल तेज़ कर दी, तो उसने भी चाल तेज़ कर दी। तब मैं झील के किनारे पहुंच चुका था। मैंने सोचा, यह शख्स करना क्या चाहता है? मैंने कई चक्कर लगाए, तब भी वह मेरे पीछे लगा था।

—हूं।...

सरदार दम साधकर सारी कहानी सुन रहा था। सारा चित्र उसके सामने था। कभी भूलता ही नहीं था, क्योंकि उसके साथ पुराना सम्बन्ध था। बोला—हूं।

—तब मैंने सोचा कि घूमकर अपने को थकाना व्यर्थ है। एक पोखरे के किनारे पहुंचा, जहां मैं जानता था कि पानी गहरा है, वहां बैठ गया। यों मैं तैरना तो नहीं जानता, पर उसे धकेल तो सकता था।

मैं बैठ गया तो वह भी थोड़ी देर इधर-उधर दृश्य देखने का बहाना करने के बाद मेरे पास आकर बैठ गया। बैठने से मुझे आश्चर्य हुआ, क्योंकि खुफिया से यह आशा नहीं थी कि वह आकर मेरे पास बैठ जाएगा। फिर भी मैं सतर्क रहा। सामने एक बगुला एक पर पर खड़ा होकर मछली के लिए तपस्या कर रहा था। और भी मछली मारने वाले पक्षी शिकार में लगे हुए थे। अभी दिन कुछ बाकी रहता था।

उस आदमी ने एकाएक नम्रता के साथ मुझसे कहा—आप अब्दुल वदूद से मिलने गए थे?

मैंने इसका कोई उत्तर नहीं दिया, तो वह बोला—उसका एकाएक

चालान हो गया। जल्दी में वह आपसे मिल नहीं सका। मुझ सब बात बता गया है। मैं भी वार्डर हूं। मैं आपका काम करूंगा। मैं भी उसकी तरह अकेला हूं, बाल-बच्चा कोई नहीं।

मुझे बहत खुशी हुई। नेकी और पूछ-पूछ? मैंने उससे सारी बात पूछी, पर नहीं, वह तो सब जानता था, बोला—दो आरियां भीतर जा चुकी हैं। रस्सी वाली नसेनी मेरे घर में रखी है। बस, आप ठीक वक्त पर आ जाइएगा।

मैंने खुश होकर कहा—क्या तुम अब्दुल वदूद के साथी थे? तुम्हें इतनी बातें कैसे मालूम हैं?

वह वार्डर बोला—मेरी मदद के बिना तो अब्दुल वदूद एक कदम नहीं चल सकता था। हम दोनों मिलकर सारा काम कर रहे थे। मैं आपको उसके यहां आते देखता था, पर कुछ कहता नहीं था। आप चिन्ता न करें।

मैंने इस नये मित्र से पूछा—आपको क्या देना पड़ेगा?

तब उसने कहा—कुछ खास देना नहीं है। एक सौ और दे दीजिएगा। सारी रकम तो हम लोग बांटकर ले रहे थे।

कुमार की यह कहानी सुनकर सरदार बहुत प्रभावित हुआ, बोला—इस भागने का असर क्या होगा?

—असर यही है कि हम लोगों को कुछ दिन जंगल के बाहर जाना ही नहीं चाहिए और ज़्यादा सावधान रहना चाहिए।

जब सरदार इस प्रकार से कुमार से भागने की पूरी कहानी सुन रहा था, उस समय रघुनाथ पार्वती से बातें कर रहा था। सरदार की अनुपस्थिति का पहला अवसर हाथ आते ही, वह पार्वती के पास पहुंच गया था। पीछे से उसने पुकारा-उमा! उमा!!

पार्वती चौंक पड़ी, क्योंकि उसका यह नाम किसीको मालूम नहीं था। यहां तक कि मान्धाता को भी नहीं। पीछे लौटकर देखा, तो रघुनाथ दातुन हाथ में लेकर हंस रहा था, बोला—चौंको मत, मैं किसीको तुम्हारी बात नहीं बताने का और तुम किसीको मेरी बात न बताना।

पार्वती को बड़ा आश्चर्य हुआ कि यह कैसे ऐंड़ा-बेंड़ा बोल रहा है?

यह कितनी इज़्ज़त से बात करता था और आज एकदम से दूसरे ढंग से बोल रहा है। पहला मौका पाते ही आया है। कल रात को इसने किस तरह खाना खाने के लिए थाली पर बुलाया था, आज उसी लहजे को जारी रखते हुए यह अजीब ढंग से बोल रहा है। इसे यह नाम कैसे मालूम हो गया? बहुत ही आश्चर्य की बात है। पार्वती के मन ने कहा—यह कोई गुल ज़रूर खिलाएगा। यह तो स्पष्ट है कि यह मुझसे क्या चाह रहा है, और मुझसे जो चाह रहा है, उसका मतलब यह है कि यह मान्धाता के प्रति कृतज्ञ नहीं है कि वह उसे छुड़वाकर लाया। वह स्पष्ट ही उसका दुश्मन है। घबड़ाने से बात नहीं बनेगी, बोली—उमा माने पार्वती। और भी बहुत-से नाम हैं-अपर्णा, चण्डिका, इत्यादि। तुमको यह क्या सूझा?

रघुनाथ बोला—तुम यहां तो बड़ी सती-साध्वी बनी हुई हो, पर अपने पति को इस तरह से मारा कि प्रेमिक बेचारा फांसी पर चढ़ जाए। वह बेचारा महीनों जेल में सड़ता भी रहा।

तो यह सब कुछ जान गया है! कैसे जाना? थाह लेने के लिए उसने पूछा—क्या तुम कपिल से मिले थे?

रघुनाथ घबड़ा गया कि इस प्रश्न का क्या उत्तर दे। उसे तो ये सारी बातें रायबहादुर से मालूम हुई थीं। फौरन ही सम्हलकर बोला—मैं कपिल से तो नहीं मिला, पर जेल में कपिल के वक्त के ऐसे कई हवालाती थे, जिन्होंने मुझे पूरा किस्सा बताया।

कहते-कहते रघुनाथ समझ गया कि उसने झूठ तो कहा, पर पकड़ा जा सकता है, क्योंकि कपिल था रांची जेल में और रघुनाथ हजारीबाग जेल में था। खैरियत है कि पार्वती यह गलती नहीं जान पाई। बोला—मुझे सब मालूम हो चुका है। मैं तो यह समझता था कि भइया तुम्हें भगा लाए हैं। पर अब लगता है कि तुम्हींने भइया को चरका दिया।

पार्वती इतना समझ गई थी : यह किसी उद्देश्य को लेकर आया है। उसकी पूर्ति के बिना यह नहीं मानने का। एक उपाय है कि अभी सरदार को बुलाकर कह दिया जाए कि यह मुझे बुरी दृष्टि से देखने पर तुला हुआ है,

केवल देखने तक ही इसकी दुष्टता सीमित नहीं रहेगी, बल्कि यह और आगे बढ़ना चाहता है। पर ऐसा मैंने कहा, तो दोनों भाइयों में गोली चलेगी और सब लोग इसका दोष मुझको ही देंगे। कोई यह नहीं देखेगा कि आक्रान्ता कौन है और किसने छेड़-छाड़ शुरू की है। भाइयों में इस झगड़े के लिए मैं ही दोषी मानी जाऊंगी और फिर मेरा यहां रहना असम्भव हो जाएगा। बाहर मैं जा नहीं सकती, क्योंकि जैसा कि इसके कहने से मालूम होता है, पुलिस वाले मुझे भी दोषी मानते हैं।...बोली—तो क्या कपिल जेल में नहीं है?

—नहीं, वह तो हाईकोर्ट की अपील से छूट गया।

किसीने पार्वती को यह खबर नहीं बताई थी। खैर, यह अच्छा ही हुआ। पर दोनों की सारी दुर्दशाओ के लिए ज़िम्मेदार तो वही है, जो स्वयं एक चुडैल से विवाह करके बैठ गया था और इधर चिट्ठीबाज़ी भी करता जा रहा था। जब सामना हुआ तो किस तरह बोला कि वह तो महज़ एक कवि के नाते मुझे पत्न लिखा करता था, उसकी तो शादी भी हो चुकी है।... अफसोस है कपिल छूट गया। उसे छूटना नहीं चाहिए था।...बोली—देखो, फज़ूल में बातचीत करने से कोई फायदा नहीं। तुम्हें भी एक औरत की ज़रूरत है, सो तुम कपिल की बीवी को भगाकर ले आओ। वह मुझसे कहीं जवान और सुन्दरी है। कोई मुश्किल काम नहीं है, नहीं तो कुमार को साथ में ले लो, मैं सरदार से कह दूंगी।

पर रघुनाथ हंस रहा था, बोला—मैं तो उमा पर ही आशिक हूं। मुझे उमा चाहिए, भइया पार्वती को रखें।

—यानी?—कहकर पार्वती ने रोष-भरे नेत्नों से उसे देखा, बोली—यानी?

रघुनाथ बोला—समय मत नष्ट करो, तुम कोई सती-साध्वी नहीं हो। एक म्यान में दो तलवारें नहीं रह सकतीं, पर एक स्त्नी को मज़े में दो पुरुष भोग सकते हैं। मैं उमा को लेकर ही मानूंगा, या तो भाई के हाथ से गोली से मारा जाऊंगा। तुम सती-साध्वी नहीं हो, यदि इस दल का सर्वनाश नहीं चाहती हो, तो मेरी बात पर राजी हो जायो। तीन दिन का समय देता हूं,

सोचकर उत्तर देना, कोई जल्दी नहीं है। जहां इतने दिन कष्ट झेल चुका हूं, वहां अब भी आत्मपीड़न कर सकता हूं।

कहकर रघुनाथ जिस प्रकार एक अप्रत्याशित उल्का की तरह उतरा था, उसी तरह चला गया। पार्वती को उस समय पहली बार यह अनुभूति हुई कि अपने पति की मार खाकर वह पड़ी रहती तो अच्छा होता, यह कहां आकर फंस गई। सरदार से उसे स्नेह हो गया था, पर साथ ही वह जानती थी कि सरदार को दल सबसे प्रिय है। वह और सब कुछ छोड़ सकता है, पर दल नहीं छोड़ सकता। दल के लिए वह किसी प्रकार का बलिदान भी तुच्छ नहीं समझेगा।

अभी-अभी रघुनाथ से जो बातचीत हुई थी, यदि वह सरदार को बता दे, तो उसका जो नतीजा होगा यह उसे अच्छी तरह मालूम था। सरदार सीधा होजाएगा और फौरन ही ठांय-ठांय सुनाई पड़ेगी और रघुनाथ की लाश से जंगल की हरियाली का कुछ हिस्सा लाल हो जाएगा। सरदार के क्रोध को वह अच्छी तरह जानती है, और इस समय तो उसका सही कारण भी था। उसे रघुनाथ की मृत्यु का कोई गम नहीं था। वह तो इसी काबिल था कि गोली मार दी जाए, पर वह मारा जाए और उसके फलस्वरूप दल में गृह-युद्ध मचे, जिससे दल की चिन्दी उड़ जाए, यह वांछनीय नहीं था।

वह जानती थी कि डाकू उसके सम्बन्ध में क्या सोचते हैं। सरदार के भय और कुछ हद तक प्रेम के कारण ही सब लोग चुप हैं, नहीं तो वे पाएं तो फाड़ खाएं। पार्वती ने हजारों तरह से इन डाकुओं की सेवा की, ज़ख्म पर पट्टी बांधी, बीमारी में तीमारदारी की, समारोहों के अवसर पर खाना पकाकर खिलाया, पर वह किसी भी प्रकार इन लोगों का मन नहीं जीत सकी, इनकी दृष्टियों की वह किरकिरी नहीं निकाल सकी। वह जानती थी कि लोग उससे न तो नर्स की सेवा चाहते हैं,न मां और बहन की तीमारदारी चाहते हैं, बल्कि वे चाहते हैं उसे शय्या-संगिनी बनाना। उनकी दृष्टियों में यह मांग हर समय लहराती है और वे लहरें आकर उसके शरीर के खास-खास हिस्सों से टकराती रहती हैं। वह उनकी बींधती हुई दृष्टि की चुभन केवल मानसिक रूप से नहीं, शारीरिक रूप से अनुभव करती रहती है।

पर वह अकेली इन राक्षसों की भूख मिटा तो नहीं सकती। न मिटा सकती है, न मिटाना चाहती है। शायद ऐसी स्त्रियां होती हैं, जो ऐसा कर सकती हैं, पर वह तो उन तत्त्वों से बनी नहीं है। जीवन ने उसे मजबूर किया,तब वह गई थी आत्महत्या करने, न कि वेश्यालय की ओर, जैसा कि बहुत-सी अभागी स्त्रियां करती हैं।

आश्चर्य की बात है कि उसे पूर्वाभास मिल गया था कि कुछ अनर्थ होगा, कोई आफत आएगी, सो वही होकर रहा। सरदार से फौरन कहकर वह अपमान का बदला गोली से दिलवा सकती थी, पर उससे कार्य सिद्ध नहीं होता था। उससे अन्त तक सरदार के विनाश के साथ-साथ अपना भी विनाश हो जाता, क्योंकि अब तो स्थिति यह है कि सरदार से प्रेम हो या न हो, उसके दल से लगावट हो या न हो, दल और सरदार से उसका गठबन्धन स्थायी और अछेद्य हो चुका था।

यदि वह उस दुनिया में लौटे, जिसमें सब लोग रहते हैं तो लौट सकती थी, पर मुकदमा चलता, फांसी होती और फांसी होती ऐसी हत्या के लिए, जो उसने की नहीं थी, जो उसके हाथ में होती, तो कभी न होने देती। पति को छोड़ना तो ज़रूरी था, क्योंकि सर्वोपरि उससे प्रेम नहीं था, दूसरे वह मारता-पीटता, सताता था और यह एक दिन की बात नहीं, हर रोज़ की किल-किल थी। यदि उसमें नये विचार न होते और उसे एक प्रेमिक न मिला होता, तो वह शायद, जैसे और हज़ारों स्त्रियां मन मारकर पिटती-कुटती हैं, बच्चे पैदा करती रहती हैं, उसी तरह वह भी रहती, अपनी उच्च शिक्षा के बावजूद। क्या उसने देखा नहीं है कि शादी किस चिड़िया का नाम है? मां-बाप तो कन्याओं को ऐसे ले जाकर इस समुद्र में डाल देते हैं, जैसे वे रक्त-मांस के लोथड़ेमात्र हों, जैसे उनमें कोई मन नामक पदार्थ न हो, जैसे वे मुर्गियां या कबूतरियां हों जिन्हें किसी मुर्गे या कबूतर के साथ एक दरवे में बन्द कर दिया, तो कुछ हाथा-पाई, छीना-झपटी, लड़ाई-भिड़ाई के बाद जोड़ा लगना शुरू हो जाता है। यही है हिन्दू विवाह, यही है मुस्लिम विवाह। यही है ईसाई

विवाह। स्त्रियों का बेलसेन।

प्रेम की भी उसने पोल देख ली। कालेज के दिनों में कपिल कैसा लगता था, जैसे परीदेश का राजकुमार हो, जो उछलते हुए घोड़े पर चढ़कर उसके लिए आया हो। उसके पत्रों में कैसी-कैसी सांकेतिकताएं होती थी, जो पढ़ते ही पढ़ते हृदय में उतर जाती थीं और उसे खिला देती थीं। पर दुष्ट ने स्वयं तो शादी कर ली और चिट्रियां लिखता रहा। चिट्रियों से ऐसी धारणा का धूम-परदा बनता था जैसे वह उसके लिए क्वांरा बैठा हो और हमेशा बैठा रहेगा, अनन्त काल तक। फिर भी वह उसकी पुकार पर नहीं गई थी। वह तो जीवन की असंगतियों की ज्वाला को झील के शीतल जल में मृत्यु की गहराई में बुझाने और डुबाने गई थी। रघुनाथ ने उसे अच्छी मुसीबत में फंसा दिया, क्योंकि सरदार ही इस समय उसका एकमात्र हितैषी और मित्र है और वह सरदार से कोई सलाह नहीं ले सकती क्योंकि सरदार बहुत उग्र है।

खैरियत यह है कि तीन दिन का समय मिला है, इस बीच बहुत कुछ घटित हो सकता है, अपने को सोचने का मौका मिलेगा, पर कहीं कुछ सुझाई तो दे ही नहीं रहा है। चारों तरफ अन्धकार ही अन्धकार है।

उसी समय थोड़ी देर में सरदार आ गया। वह बहुत खुश था, बोला—मैं सुन रहा था कि किस तरह कुमार ने कमाल किया और रघुनाथ को छुड़वा लाया।

पार्वती को यह बात बिल्कुल पसन्द नहीं आई, बोली—क्या छुड़वा लाया?

मान्धाता को यह बात बिल्कुल ही मालूम नहीं हो पाई कि पार्वती ने किस भावना से क्या कहा। वह तो अपनी खुशी में ही इतना गर्क था कि उसका मन और बातों के लिए खुला नहीं था। वह ब्यौरे में सारी कहानी सुनाने लगा। पार्वती को इस समय यह सब सुनना अच्छा नहीं लग रहा था, पर वह कुछ कह भी नहीं सकती थी। वह मजबूरन कहानी सुनती रही। जब कहानी उस स्थल पर पहुंची, जब अब्दुल वदूद का एकाएक चालान हो गया था और कुमार की आंखों के सामने अंधेरा छाया हुआ था, फिर

भी एकाएक उसे एक दूसरा वार्डर मिल गया, तब पार्वती जैसे नींद से जगी, बोली—वह आदमी जो मिला, वह पुलिस का आदमी था। पहले आदमी का चालान पुलिस वालों ने ही कराया होगा।

सुनकर सरदार ने आंखें उठाकर पार्वती की ओर देखा, क्योंकि यहीं पर उसे भी कुछ खटका था और अब उसका समर्थन हो गया। सचमुच यह एक पहेली थी। सहजात बुद्धि तो यही कह रही थी कि दाल में कोई काला है।

यद्यपि सरदार के मन में भी यह कांटा करकरा रहा था, पर उसने बलपूर्वक उस कांटे की कोर को दबाते हुए ऊपर से कहा—जीवन में अदभत बातें तो होती ही रहती हैं, रोज़ नहीं होती, पर होती हैं। क्या उस दिन, जिस दिन तुम झील में डूबकर आत्महत्या करने जा रही थीं, एक अनहोनी घटना यह नहीं हुई कि हम दो साथी ठीक उसी समय बैठकर बगुलों का मछली मारना देख रहे थे। यदि बगुलों के मछली मारने में हमें रस न आता, तो तुम अब तक झील की मिट्टी बन गई होतीं...

सरदार ने और भी बहुत कुछ कहा। उसके आत्मविश्वास-भरे मर्दाने सान्त्वना के वाक्यों से पार्वती का सन्देह शान्त नहीं हुआ, पर रघुनाथ ने जो आते ही तीन दिन की मोहलत दी थी, उसे वह कैसे अस्वीकार कर सकती थी, उसके प्रति वह अन्धी कैसे हो सकती थी?

पार्वती ने कुछ नहीं कहा। अपने अनजान में उसने सरदार की तरफ हाथ बढ़ा दिया और दोनों आलिंगनबद्ध हो गए, जैसे यही सारा समस्याओं का समाधान हो।

6

डाकुओं का पड़ाव इन दिनों दामोदर नदी के पास के एक जंगल में था। कुमार लेटे-लेटे रघुनाथ को देखता रहा और समझाने की कोशिश करता रहा कि इसके मन में ऐसा क्या है, जो इसे चैन की नींद नहीं लेने देता; ऐसी

क्या वस्तु है, जो भीतर-भीतर सुगबुगाती है और मन को उद्विग्न रखती है? यदि वह भागकर आया है तो इसमें कोई बुरी बात तो नहीं है। यह तो अपना धर्म है, उसी प्रकार से, जैसे पुलिस का धर्म हमें पकड़ना है। सब धर्म अपने-अपने मतलब के होते हैं। हिन्दू का धर्म हिन्दू के मतलब का, मुसलमान का धर्म मुसलमान के मतलब का; धर्म क्या गिरोहबन्दी का एक तौक होता है।

अजीब बात है, भागकर आया है तो परेशान क्यों रहता है? कैदी का धर्म है मौका लगे तो भाग जाए। कोई और बात होगी। हां, अब समझ में आया, वेश्या के घर पकड़ा गया, इसीका संभव है, इसे मलाल हो। सो सरदार ने कुछ कहा नहीं, मैंने कुछ कहा नहीं, दल के और किसीने कुछ कहा नहीं। रघुनाथ को यह तो मालूम ही हो गया होगा कि पीठ पीछे सब लोग उस सूखी हड्डी को बार-बार चबाते हैं, पर इससे क्या? उसे तो मालूम होगा कि दूसरे भी जाते हैं, तो ऐसा करते हैं। कई तो केवल इसी उद्देश्य से शहर की ओर भागते हैं, उस तरह से जैसे गाय बछड़े की ओर उस समय भागती है, जब वह चरागाह से लौटती है।

कुमार ने अंगड़ाई ली, फिर उठकर बैठ गया, उसने आवाज़ लगाई—रघुनाथ! क्या बात है? किस सोच-विचार में पड़े हुए हो? आजकल तुम्हारा मन ही नहीं मिलता।

रघुनाथ को जैसे बल मिल गया कि हां, आज ही सारी बात कहनी है। बोला—कुल्ला कर लो, नाव तैयार है। मैंने सवेरे-सवेरे एक बनमुर्गा पकड़कर उसे झुलसा भी लिया है, रात का बचा हुआ कुछ खाना भी है। चलो, डोंगी पर सैर करेंगे और बातें करेंगे।

आज यही सही।

कुमार को यह कार्यक्रम बहुत पसन्द आया। वह नदी पर डोंगी में सैर करना बहुत पसन्द करता था। तैरना तो उसे पाता ही नहीं था, नहीं तो शायद तैरना पसन्द करता। वह जल्दी-जल्दी मुंह-हाथ धोकर तैयार हो गया और दोनों नाव पर चढ़कर उस पार की ओर चले। नाव क्या थी? कुछ तख्ते थे, जिनपर इतनी ही कारीगरी की गई थी कि बैठने वालों के कपड़े न

भीगें। उसमें चार आदमी तक बैठ सकते थे।

दोनों ने जानवरों की तरह दांतों से नोच-नोचकर मुर्गा खाना शुरू किया, जो ठीक से झुलसा भी नहीं था। कुमार ने ही बात शुरू की, बोला—मैं दो दिन से देख रहा हूं कि तुम बहुत अनमने रहते हो। अभी तुम टहल रहे थे तो मुझे ऐसा लग रहा था, जैसे तुम एक शेर हो, जो अपने शिकार पर टूट ही पड़ने वाला हो।...

रघुनाथ की आंखों में क्रूरता की एक झलक कौंध गई। वह बोला—इसीलिए तो यहां आया हूं, ताकि तुमसे बातचीत कर सकू। कई गम्भीर बातें हैं।

—मुझसे?

—हां, तुमसे। बराबर मैं तुमको अपना मित्र मानता रहा हूं और तुमने इस समय मुझे छुड़ाकर जो एहसान किया है, उसके लिए मैं हमेशा कृतज्ञ रहूंगा।—कहकर जैसे शपथ खाने के लिए उसने अपनी पिस्तौल पर हाथ लगाया।

कुमार समझ नहीं पाया कि कौन-सी ऐसी भाभई आ पड़ी जिसपर इतना विचार करना है। बोला—तुम फ़ज़ूल में इतना गम करते हो कि तुम वेश्यालय में पकड़े गए। तुम विश्वास रखो कि सरदार के मन में इसके लिए कोई खास मलाल नहीं है।

सरदार का नाम सुनकर रघुनाथ एकाएक ऐसे तिनक गया, जैसे घोड़ा दबाने पर कारतूस छूटता है, बोला—सरदार साला क्या करेगा? उसने खुद तो घर में वेश्यालय बना रखा है। यह औरत जो भद्रकाली देवी की इतनी ठाट से पूजा करती है, महज़ एक वेश्या है। इसने अपने पति को मारा है, इसीके कारण इसके प्रेमिक को जेलखाना हुआ। फिर सरदार मुझे क्या कहेगा? वह मुझसे आंख तो मिलाए। मैं उसकी आंख निकाल लूंगा।

कुमार को तो सारा किस्सा मालूम था, पर नियम के अनुसार उसने रघुनाथ से कुछ नहीं कहा था, बोला—यह तुम्हारा गलत ख्याल है कि वह वेश्या है। आज हजारों स्त्रियों की यही अवस्था है। रहा यह कि, यह आत्महत्या करने जा रही थी, सो इसे सरदार ने बचा लिया, इसलिए यह

जिन्दा है। वहीं से इसका नया जीवन शुरू हुआ है, यदि सरदार न मिलते तो इसके जीवन का अन्त वहीं पर हो जाता।—कहकर उसने पूरी कथा सुनाई और यह बताया कि हत्या किसने की थी।

सुनकर शान्त होने की बजाय वह और नाराज़ हुआ, बोला—ठीक है, सरदार को एक चीज़ मिली। उसे चाहिए था कि उसे बांटकर भोग करता। क्या हमको और तुमको औरतों की ज़रूरत नहीं है? फिर वह अकेले उसे क्यों भोगता है?

—उसने उसके लिए हत्या की है, उसे बचाया है और सबसे बड़ी बात यह है कि वह सरदार को चाहती है। प्रेमिक के घर के सामने ही उसने स्वयं सरदार को पति और मुझे देवर बताया।

—वेश्याओं के भी कहीं देवर होते हैं? यह सब जालसाज़ी और बेईमानी है, मैं कुछ नहीं मानता। अगर सरदार को अक्ल नहीं है, तो उस औरत को अक्ल होनी चाहिए कि उसके लिए दुनिया में कोई स्थान नहीं है। वह यहां से निकली कि फांसी का फन्दा उसके लिए तैयार है। मैं जेल में रहकर कानून खूब समझ पाया हूं। सरदार को यदि हत्या करने के लिए फांसी हो सकती है, तो हत्या के लिए भड़काने के लिए उस औरत को भी फांसी हो सकती है। इसीलिए मैंने आते ही उस औरत को यह कहा कि तुम सतीसाध्वी नहीं हो, हरजाई हो, ऊपर से तुम उसीकी बनी रहो, पर गाहे-ब-गाहे मुझको भी पानी पिला दिया करो। मैं बहुत प्यासा हं। मुझे भी औरत की ज़रूरत है।

सुनकर कुमार के हाथ से मुर्गे का बाकी हिस्सा छूट गया। उसने आश्चर्य के साथ कहा—क्या तुमने ऐसा कहा?

रघुनाथ आशा करता था कि कुमार उसका मित्र होने के नाते उसकी बातों की कद्र करेगा, अधिक से अधिक यह कहेगा कि मेरा भी पार्वती में हिस्सा होना चाहिए, जैसे द्रौपदी में पांचों पाण्डवोंका हिस्सा था; पर वह इतना विरुद्ध निकलेगा, यह उसे आशंका नहीं थी। कुमार के द्वारा गिराई हुई हड्डी को दामोदर के जल में गिराते हुए उसने उसे एक नया टुकड़ा थमा दिया और बोला—मैंने तुम्हें बता दिया कि वह पहले से ही हरजाई है, फिर

तुम्हें इसमें क्या एतराज हो सकता है? मन चाहे, तुम सरदार से कहो कि तुम्हारा हिस्सा भी बंध जाए। हम-तुम दोनों चलें और सरदार के सामने यह प्रस्ताव रखें, तो वह कुछ कह भी नहीं सकेगा।

कुमार ने मांस का टुकड़ा ले तो लिया, पर उसे खाया नहीं। उसे लगा जैसे उसके हाथ में सरदार के मांस का लोथड़ा दे दिया गया और उसे खाने के लिए कहा गया। उसने कहा—अब मैं बहुत खा चुका, यह तुम खाओ। —कहकर उसने उसे कटोरदान में वापस रख दिया और बोला—रघुनाथ, तुमसे मुझे ऐसी आशा नहीं थी। तो तुम सचमुच सरदार के साथ लड़ाई करने पर तुले हुए हो?

—मैंने यह तो नहीं कहा।

कुमार ने स्वर और ऊंचा करके कहा—और कैसे कहा जाता है? जब तुम उसकी स्त्री छीनोगे, तब वह ज़रूर तुमसे लड़ेगा और उसमें क्या होगा, यह मालूम ही है। मारे तुम जाओगे और हमारे दल का सर्वनाश हो जाएगा।

—ऽऽऽऽ

—यदि तुमको औरत की इतनी ज़रूरत मालूम होती है तो तुम कोई औरत ढूंढ़ लो, पर वह हो इस दल के लायक...

रघुनाथ ने बीच में ही बात काटकर कहा—यानी हो वह हरजाई और हत्यारिन! ऐसी तो शायद सारे भारत में कोई न मिले।

कुमार दुख के साथ बोला—लगता है कि तुम्हारी मति मारी गई है। तुम व्यर्थ में अपना सत्यानाश कराना चाहते हो। तुम सरदार को जानते हो कि वह जीवन को बहुत तुच्छ समझता है : अपने जीवन को और दूसरों के जीवन को। मैं तुम्हें एक मित्र के नाते यह सलाह देता हूं कि तुम इस झगड़े को छोड़ो। यदि तुम्हें इस दल में नहीं रहना है, तो तुम चले जाओ,पर व्यर्थ में बदमज़गी पैदा न करो।

रघुनाथ ने नाराज होकर कहा—बदमज़गी में पैदा कर रहा रहा हूं या तुम? मैंने सिधाई से यह कहा कि तुम सरदार को समझाओ, पर तुम मुझेडराने-धमकाने लगे। सरदार मुझे मार सकता है, तो मैं सरदार को नहीं मार सकता?

—तोतुम यहां तक उतर आए हो? तुम्हें मालूम है कि सरदार के ही कारण तुम जीवित हो और सरदार के ही कारण तुम जेल से छूटे हो। मैं तो निमित्त-मात्र था।

—मैं तो समझता था कि तुमने मित्रता के कारण इतना कष्ट किया, पर तुम तो सरदार के खरीदे हुए गुलाम निकले। कान खोलकर सुन लो, यह धांधली बहुत दिन चल चुकी, अब नहीं चलने की। सरदार ने दल का कानून तोड़कर एक हरजाई को अपने पास रखा। हमारी आंखों के सामने उसे भोगता रहा जैसे हम सब नामर्द ही हों। क्यों, क्या हम में रक्त-मांस नहीं है? क्या हम ऋषि-मुनि हैं?

और तुम्हारे ऋषि-मुनि भी...

कुमार ने फिर भी समझाया-किसी कारण से तुम्हारा दिमाग सही नहीं है। तुम दो-चार दिन सिर्फ पानी पीकर रहो, तुम्हें सद्बुद्धि होगी। मैं तुम्हें समझा रहा हूं, प्रेम से समझा रहा हूं, मान जाओ।

कहकर उसने थोड़ी देर तक पानी में हाथ डालकर हाथ धोने के बाद कहा—मैं सरदार से कुछ नहीं कहूंगा और पार्वती की शराफत देखो कि उसने सरदार से कुछ नहीं कहा। उसने इसी कारण तुम्हारा अपमान पी लिया कि उसके नज़दीक दल का कल्याण सर्वोपरि है, नहीं तो उसकी एक बात पर तुम फौरन गोली से उड़ा दिए जाते।

पार्वती की इस प्रशंसा से रघुनाथ जल उठा, वह बोला—दल में तुम्हारे ऐसे कायर लोग मौजूद हैं, तभी सरदार की धांधली जारी है, पर अब एक मिनट भी यह धांधली चलने नहीं दूंगा। कल सवेरे मेरी चेतावनी के तीन दिन खत्म होते हैं, या तो पार्वती चोरी से मुझसे मिलना स्वीकार करे, नहीं तो याद रखो, नुकसान मैं नहीं, सरदार उठाएगा। इसके अलावा जो भी सरदार का साथ देगा, मैं उसे भी खत्म कर दूंगा। मैं किसीकी परवाह नहीं करता।

कुमार ने नाव को किनारे की ओर ले जाने की चेष्टा की, पर रघुनाथ ने उसके हाथ से, डांड़ तो नहीं कहना चाहिए, डांडनुमा चीज़ को झटके के साथ छीन लिया। बोला—तुम्हें मैं यहां इसलिए लाया था कि तुम मेरे और

सरदार के बीच समझौता कराओ। जब तक समझौता नहीं कराओगे, तब तक तुम जा नहीं सकते।

—जा नहीं सकते?

—हां, जा नहीं सकते।

कुमार कुछ देर तक सोचता रहा, फिर उसने कहा—समझौता कैसा?

—समझौता यह कि सरदार भी भोगे और मैं भी भोगूं। हां, तुम चाहो तो सरदार से कुछ कहा न जाए और समझौता हो जाए।

—वह कैसे?

—वह ऐसे कि चलो हम-तुम दोनों मिलकर सरदार को कहीं भेज दें और फिर पार्वती से बात करें। तुम कहते हो पार्वती बड़ी समझदार है, मैं भी मानता हूं, वह बड़ी समझदार है। इसी कारण तो मैं उसे चाहता हूं, नहीं तो क्या संसार में स्त्रियों की कमी है? स्त्रियां तो वैसे ही बिकती हैं, जैसे कि चावल, दाल और मसाले। स्त्री सबसे बड़ा मसाला है। जिसे तुम शादी कहते हो, वह भी स्त्री को खरीदना ही है...

कुमार अधैर्य के साथ बोला—इन बातों को रहने दो, समझौता कैसा, यह बतायो।

—समझौता इस तरह कि तुम पार्वती को राज़ी करो कि वह जब भी मौका लगे मेरे पास आ जाए। ऊपर से वह सरदार की ही बनी रहे, पर भीतर से वह मेरी आग भी पीती रहे, तभी यह दल बच सकता है! नहीं तो ऐसी आग लगाऊंगा कि सब भस्म हो जाएं।

कुमार ने तनकर बैठते हुए कहा—क्या यह तुम्हारी अन्तिम बात है?

रघुनाथ बोला—हां, यह हमारी अन्तिम बात है। यदि सरदार के पास तुम्हारे ऐसे भाड़े के टट्टू और आंख के अन्धे और गांठ के पूरे लोग मौजूद हैं, तो मैं भी कुछ कर सकता हूं। मैं सरदार को निकालकर इस दल का सरदार बनना चाहूं तो बन सकता हूं।

कुमार ने आश्चर्य के साथ पूछा—तुम सरदार को कैसे निकालोगे? सरदार तो तुम्हें एक ही गोली में मछलियों की खुराक बना देगा। शायद तुम

भूल गए कि तुम किसी तरह रोते-पीटते हुए आए थे और सरदार ने भाई जानकर तुम्हें आश्रय दिया था। अब तुम हम लोगों में रहते-रहते बहुत बहादुर हो गए हो, पर तुम्हारी पहली डकैती में जब उस तरफ से गोली चलने लगी तब किस तरह से तुम्हारे कपड़े खराब हो गए थे, यह तो याद होगा? अब तुम ऐसे बात कर रहे हो, जैसे रुस्तमे-हिन्द तुम्हीं हो। मैं तुम्हारे साथ एक मिनट भी नहीं रहना चाहता, तुम हमें उतार दो।

रघुनाथ बहुत क्रुद्ध हुआ और क्रोध दिखाने की अदम्य आवश्यकता के कारण उसने कटोरदान उठाकर नदी में जोर से दे मारा, वह डूब गया। पानी के छींटे दोनों पर पड़े, विशेष कर कुमार पर। यदि कुमार को तैरना आता तो वह फौरन नदी में कूद पड़ता, पर वह मजबूर था, बोला—अब मैं समझ रहा हूं कि तुम क्यों इतना अकड़ रहे हो। शायद तुम पुलिस वालों के साथ मिल चुके हो। तभी उस मुसलमान वार्डर की बदली हो गई और रामसहाय टपक पड़ा। रामसहाय पुलिस का आदमी था।

—क्या कहा?

रघुनाथ की आंखों में खून उतर चुका था, बोला—तुम्हारी इतनी मजाल कि तुम मुझे विश्वासघातक कह रहे हो? मैं, जोकि दल का होने वाला सरदार हूं।

इसपर कुमार खड़ा हो गया, बोला—मुझे तुम किनारे कर दो। अभी तुम्हारा फैसला कराए देता हूं।

—तुम फैसला कराओगे? विश्वासघातक!—कहकर रघुनाथ ने कुमार को एक धक्का दिया। वह छपाक से पानी में गिर पड़ा। पानी काफी गहरा था, फिर भी कुमार ने साहस करके एक हाथ मारकर डोंगी पकड़ ली। पर रघुनाथ ने उसका हाथ छुड़ा दिया। कुमार डूबने लगा, फिर भी उसने एक प्रयास किया। इसपर रघुनाथ ने उसे पिस्तौल निकालकर गोली मार दी। जंगल से एक चीख सुनाई पड़ी। लगा कि जैसे वनदेवी इस भयंकर हत्याकाण्ड से चीख पड़ी, पर असल में यह चीख पार्वती की थी, जो एक तने के पीछे खड़ी होकर सारी बात देख और सुन रही थी।

7

पार्वती वहां से जो चल पड़ी, सो दौड़ती-भागती, गिरती-पड़ती एकदम डाकुओं के पड़ाव की ओर चली। वह दौड़ती जाती थी और सोचती जाती थी।

पार्वती दौड़ते-दौड़ते बहुत थक गई थी। उसे बहुत प्यास लग रही थी, पर चारों तरफ कहीं पानी नहीं था, जंगल ही जंगल था। इन जंगलों को केवल वर्षा में ही पानी मिलता था, पर सौभाग्य से इधर जब वर्षा होती थी, तो बहुत लम्बी होती थी। वह चारों तरफ देखती जाती थी कि कहीं पानी हो तो एक चुल्लू पी ले। पर कहीं पानी नहीं था। पानी न मिलने के कारण उसे ऐसा लग रहा था कि वह गश खाकर गिर पड़ेगी। एक तो मानसिक तनाव और तिसपर शारीरिक उत्तेजना।

रघुनाथ ने किस प्रकार कुमार को नदी में ढकेल दिया, जबकि वह जानता था कि उसे तैरना नहीं आता और फिर जब उसने बचने की कोशिश की, तो उसे उस प्रकार से गोली मार दी, जैसे कुमार कोई जानवर हो, बल्कि जानवर को भी इस तरह बिना कारण मारा नहीं जाता। उसने तो केवल इतना ही कहा था कि सरदार के कल्याण में दल का कल्याण है और दल के कल्याण में सबका कल्याण है। वह तो बेचारा बहुत ही सीधा-सादा व्यक्ति था। जो काम दिया जाता था, उसे वह बड़ी मुस्तैदी से करता था। उसका अपना कोई स्वार्थ नहीं था। उसका एक ही स्वार्थ था कि दल ठीक से कायम रहे, उसका सरदार ठीक रहे। कुमार की बात सोचकर पार्वती को रोना आ रहा था कि अब ऐसा हितैषी कोई नहीं मिलेगा।

चलते-चलते उसे एकाएक एक गड्ढा दिखाई पड़ा, जिसमें थोड़ासा पानी जमा था। पानी निहायत गन्दा था, पर प्यास इतनी लगी थी कि वह पानी भी इस समय अमृत की तरह दिखाई पड़ा और वह उस तरफ लपकी। मुंह लगाकर पानी पी रही थी कि उसे लगा एकदम से उठ खड़ी हुई, तो देखा कि सचमुच एक सांप जल्दी-जल्दी झाड़ियों में लुप्त हो गया।

जान बाल-बाल बची थी। वह अब और भी जल्दी-जल्दी चलने लगी, न जाने किस कारण वह नदी किनारे आई थी। कभी-कभी डाकुओं के गिरोह में रहते-रहते वह ऊब जाती थी, तब वह उस प्रकार से कुछ अलग निकल जाती थी। सरदार उसके इस स्वभाव से परिचित था, और लोग भी परिचित थे। दूसरे डाकू भी ऐसा करते थे। स्वयं सरदार भी ऐसा करता था, पर हरएक के क्षेत्र में कारण कुछ-कुछ भिन्न होता था। कोई तो छोटे-मोटे शिकार की तलाश में जाता था, कोई कुछ जड़ी-बूटी खोजने जाता था। सरदार यह देखने जाता था कि कहीं खतरे की कोई जाली तो नहीं बुनी जा रही है।

पार्वती जल्दी ही पड़ाव के पास आ गई, तब उसने देखा कि उसके पैर से खून जा रहा है। जब उसने उसे ध्यान से देखा तो लगा कि दो दांतों के निशान हैं। तो क्या सांप ने काट खाया था? वह करैत तो बहुत ही भयंकर सांप होता है। वह यह सोचकर ही अचेतसी होने लगी। तो क्या अब सारे पापों का फल मिलने ही वाला है या रघुनाथ से मुक्ति है, क्योंकि मर जाएगी तो फिर रघुनाथ कैसे हिस्सा बंटाएगा?

शीघ्र ही पार्वती सरदार के पास आन पहुंची। अपनी उत्तेजना के कारण वह देख नहीं पाई थी कि सरदार से कुछ दुर रघुनाथ बैठा हुआ है। सरदार ने झुककर घाव देखा, पर वह कुछ कह या कर नहीं पाया था कि रघुनाथ ने तेज़ छुरी निकालकर पैर के उस घाव को चीरकर लगभग एक इंच तक गोश्त निकाल दिया और उसके बाद उसने मुंह लगाकर चूस लिया; साथ ही उसने पता नहीं कहां से रस्सी निकालकर पैर में तीन जगह चार-चार-इंच के फासले से उसे बांध दिया। यह सब पलक मारते ही हो गया। सरदार केवल एक दर्शक-मात्र रह गया। पार्वती के पैर से खून जा रहा था। सरदार और रघुनाथ ने मिलकर उसपर कोई बुकनी-सी डाली और फिर उसका बैंडेज कर दिया। रघुनाथ यह सब करने के बाद जैसे कोई बहुत ही मामूली बात हुई हो, बोला—तुम ऐसे भाग नहीं सकतीं। करैत नहीं करैत का बाप आ जाए, कुछ नहीं हो सकता। हां, अगर ज्यादा

देर हो गई है, तो फिर हमारा उपचार काम नहीं करेगा। कितनी देर हो गई?

पार्वती ने बताया—बहुत होगा, पन्द्रह मिनट हुआ।

रघुनाथ और मान्धाता दोनों गम्भीर हो गए और उनमें परस्पर दृष्टि-विनिमय हुआ, जिसका अर्थ यह था कि तब तो गम्भीर स्थिति है। रघुनाथ ने पूछा—कैसी तबीयत है? खून तो अब बन्द हुआ लगता है।

पार्वती ने कोई उत्तर नहीं दिया। यद्यपि तबीयत कुछ बुरी नहीं मालूम हो रही थी, शायद सांप ने काटा ही न हो, कहीं कांटे लग गए हों, काटता तो कुछ रुकता और पता तो लगता, पर सांप ने नहीं काटा, तो कांटा चुभा होगा। पर वह भी तो मालूम नहीं हुआ। कुमार की मृत्यु उसे अब बहुत दूर की घटना लग रही थी। लग रहा था कि अपनी मृत्यु ही सबसे बड़ी और एकमात्र घटना है। न उसे सरदार का ख्याल था न दल का। वह केवल अपनी बात सोच रही थी। क्या मैं मरूंगी?

उसके मानसपटल पर एक-एक करके सारी घटनाएं चित्रपट के परदे की तरह पा रही थीं, पर सिलसिले से नहीं, उखड़-उखड़ कर।...

पर नहीं, पार्वती की तबीयत निश्चित रूप से ठीक थी, हां, जहां पर काटा गया था, वहां जैसे जल-सा रहा था, पर अधिक नहीं। यदि जान बच जाए, तो वह ज़ख्म कुछ भी नहीं है। इस बीच खबर पाकर दल का एक आदमी, जो कभी शायद कम्पाउण्डर था और अपने घायल लोगों का बैंडेज बांधा करता था, आ पहुंचा और उसने जीभ आदि देखने का खटराग करके यह बताया—करैत ने काटा होता तो अब तक बेहोशी आनी चाहिए थी। करैत ने नहीं काटा है, काटा भी होगा तो किसी ऐसे सांप ने काटा होगा, जिसमें ज़हर नहीं होता। बेकार में इतना खून गया।

सुनकर रघुनाथ को बहुत क्रोध आया। उसने एकदम से क्रोध में आते हुए कहा—जगदीश, तू डाक्टर की दुकान में दवाएं चुराता रहा, तो बड़े भारी डाक्टर की दुम बन गया है। खुद इन्होंने देखा कि करैत था और तू कह रहा है ढोंढवा ने काटा।

जगदीश नाम से सम्बोधित व्यक्ति को इसपर बड़ा अपमान मालूम हुआ, बोला—करैत का काटा हुआ पांच मिनट में ही सो जाता है। यह यहां पहुंचती ही नहीं।

इसपर रघुनाथ और भी क्रुद्ध हो गया, बोला—मैंने कई करैत काटे हुए लोगों को बचाया है। ओझा लोग भी बचा लेते हैं, पर उनके मन्त्र में कुछ नहीं होता, उपचार असली चीज़ होती है।

जगदीश ने जो बात कही थी, उसमें कोई आपत्तिजनक बात नहीं थी; पर रघुनाथ और भी क्रुद्ध हो गया, बोला—तुम्हें कुछ नहीं आता। अन्धों में काना राजा बने हुए हो। जाओ, एक नया बैंडेज ले आयो।...

कहकर उसने बाहर का रास्ता ऐसे आज्ञामूलक ढंग से दिखला दिया कि जगदीश यन्त्रचालित की तरह बाहर चला गया। यह सब एक पलक के अन्दर ही हो गया, सरदार को कुछ अटपटा लगा कि रघुनाथ उसके सामने आदमियों से ऐसा व्यवहार कर रहा है। उस आदमी के चले जाने पर रघुनाथ ने कहा—पार्वती तो करैत बता रही है और यह साला कम्पाउंडर की दुम कह रहा है कि ढोंढवा सांप था। और क्या मैं पहचानता नहीं हूं? चेहरा काला पड़ना शुरू हो गया था।—कहकर उसने पार्वती का चेहरा ध्यान से देखा और खुश होता हुआ बोला—सब ज़हर निकल गया। कुछ थोड़ा-सा रह गया हो, तो मैं उसे ठीक कर दूंगा...

कहकर वह मुस्कराया, फिर बिना किसीसे कुछ कहे निकल गया और थोड़ी ही देर में नीम की पत्तियां ले आया, सिल धोकर उसपर उन्हें पीस डाला और उसका पानी एक कटोरी में भरकर पार्वती के सामने पेश कर दिया। पार्वती एक सीधी बच्ची की तरह गट-गट उसे पी गई।

किसीको कुछ कहने-सुनने का विशेष अवसर नहीं मिला। सरदार चुपचाप यह सब देख रहा था। वह कुछ विशेष नहीं सोच रहा था। इतनी बड़ी विपत्ति में किसी न किसीको घटनाओं की बागडोर अपने हाथ में ले ही लेनी चाहिए थी, पर पार्वती बहुत तेजी से सोच रही थी। वह तो इस कारण

दौड़कर आई थी कि सरदार को सारी घटना बताएगी, फौरन बताएगी, पर करैत ने (अब उसे सन्देह हो रहा था कि शायद करैत नहीं, ढोंढवा ही हो) सारा मामला उलट-पुलटकर रख दिया। यदि करैत था, तब तो रघुनाथ ने ही उसका जीवन बचा लिया। उसकी उपस्थित बुद्धि, लगन और फूरती ने इस समय जादू-सा काम किया।

ऐसी हालत में क्या वह कहे या न कहे? केवल कहने न कहने की बात नहीं थी। मुहलत भीखत्म हो रही थी। रघुनाथ के मिज़ाज का पारा जिस प्रकार चढ़ रहा है, उससे लगता है कि यह तो अपने को सरदार मानकर ही चल रहा है। और फिर प्रश्न यह है कि यह आया कैसे? कुमार को मारकर ही यह यहां क्यों आया? क्या वह कुमार को मारने के बाद सरदार को चेतावनी देने आया था कि या तो मेरे साथ हिस्सा बांटकर पार्वती को भोगो या मैं तुम्हें भी गोली मारताहं? पर ऐसी कोई बात तो नहीं लगती थी। शायद असली बातचीत अभी शुरू ही न हो पाई हो और मैं आ गई। शायद अभी भूमिका बंध रही हो।

पार्वती ने आंखें मूंद लीं, मुंह कड़वा लग रहा था, पर और तो कोई कष्ट नहीं था, हां, जहां से काटकर गोश्त निकाला गया था, वहां जरूर चीस देकर दर्द उठ रहा था। जगदीश नया बैंडेज लेकर आया और उसने बैंडेज बांधा। पार्वती उसी तरह आंख मूंदे लेटी रही। जगदीश ने बैंडेज बांधकर कहा—इन्हें सोने न दीजिए।

रघुनाथ मानो इसीकी प्रतीक्षा कर रहा था, बोल पड़ा—जब तुम कहते हो कि ढोंढवा ने काटा है, तब फिर सोने न सोने का सवाल कहां से उठता है? जाओ, मालूम हो गया कि तुम कितने बड़े डाक्टर हो।

जगदीश बिना कुछ कहे चला गया। पार्वती ने फिर आंखें मूंद लीं, इसपर रघुनाथ ने कहा—पार्वती, सुन लिया न, बड़े डाक्टर साहब ने क्या कहा? सोओ नहीं।

—सो नहीं रही हूं।

—आंखें भी न मूंदो।

पार्वती ने आंखें खोल लीं और तम्बू की तरफ देखने लगी, तब सरदार ने कहा—हां, तुम कुछ कह रहे थे? तुमने इतना ही कहा था, बहुत ज़रूरी बात है।

पार्वती ने कान खड़े कर लिए। वह यही तो जानना चाहती थी कि रघुनाथ कुमार को मारकर तुरन्त ही क्यों आया था? वह क्या कहना और करना चाहता था? सामने ही सरदार की विंचेस्टर राइफल चमचमा रही थी। सरदार उसे एक खिलौने की तरह बिल्कुल चमकाकर रखता था। उसकी देखादेखी दल के अन्य हथियार भी इसी तरह रखे जाते थे। पार्वती का सारा ध्यान कानों पर था।

रघुनाथ थोड़ी देर तक जैसे सोचता रहा, फिर बोला—हम लोग दो जने रात को नदी के किनारे सोए थे। पर जब मैं सुबह उठा तो मैंने देखा कि कुमार नहीं है। मैंने सोचा शायद कोई जानवर उठा ले गया हो, क्योंकि इधर चीते और छोटे शेर भी होते हैं।

सरदार ने चिन्तित होकर कहा—मैंने तीन-चार दिन हुए, एक चीता मारा था। कहीं कुछ हड्डी आदि मिली?

रघुनाथ ने झूठ जारी रखते हुए कहा—नहीं, मैं बहुत देर तक खोजता रहा, पर कहीं कुछ पता नहीं लगा, तब मैंने नाव की तरफ देखा तो वह भी गायब थी, फिर देखा तो वह उस पार लगी हुई है। बड़ा आश्चर्य हुआ। मैं तैरकर उस पार पहुंचा तो पैर के निशानों से मालूम हुआ कि कुमार उस पार के जंगल में निकल गया है।

सरदार का माथा ठनका, बोला—किसी काम से गया होगा, लौट आएगा।

—नहीं, मेरा खयाल है कि वह नहीं लौटेगा।

—क्यों? क्यों तुम्हारा यह ख्याल बना?

पार्वती पड़ी-पड़ी सुन रहीथी। वह देखना चाहती थी कि प्रवंचना किस हद तक जा सकती है? रघुनाथ ने कहा—रात को कुछ ऐसी बात हुई जिससे मैं इस नतीजे पर पहुंचा कि वह अब नहीं लौटेगा।

—क्या बातचीत हुई?

—ज़रा गुप्त है।

—गुप्त कैसी? मुझसे गुप्त?

—नहीं, तुमसे नहीं। है बहुत बुरी बात!

कहकर उसने इशारे से सरदार को बता दिया कि बाधा पार्वती है,न कि और कोई। उसे वह सारी बात बताना नहीं चाहता। पर सरदार ने आज्ञामूलक ढंग से कहा—नहीं। बताओ। पार्वती से दल का कोई अनिष्ट नहीं हो सकता और यह तो तुमने देख लिया कि वह कितनी साहसी है। तुमने इतना बड़ा गोश्त का टुकड़ा काटकर निकाल दिया, पर वह चीखी तक नहीं।

फिर भी रघुनाथ हिचकिचाता रहा। तब उसे सरदार ने फिर इंगित किया। तिसपर वह बोला—मैं रात को उससे बातें करता रहा, तो वह बोला—'जो तुमसे हो गया, हो गया, अफसोस मत करो। सरदार भी तो एक औरत को रखे है। मर्द को औरत की ज़रूरत रहती है। मैंने कभी इस बात को नहीं माना, पर अब मैं मान रहा हं। सरदार को चाहिए था कि पार्वती को सबकी सेवा में रखे।'

पार्वती के मन में रघुनाथ के प्रति जो थोडी-सी अनुकूल भावना आई थी, यह सुनते ही वह एकदम लुप्त हो गई। वह किस प्रकार एक महान झूठ पर सत्य का मुलम्मा चढ़ाकर बता रहा था और अपनी बात कुमार पर थोप रहा था, जिसे वह मार चुका था। सरदार क्या कहता है, इसे जानने के लिए पार्वती ने अपनी समस्त अनुभूतियों को हांककर कान के पर्दों पर एकत्र कर दिया। सरदार बोला—अच्छा, उसने ऐसा कहा?

सरदार के स्वर में आश्चर्य की भावना तो थी, पर उतनी नहीं, जितनी कि प्रत्याशित थी। पार्वती समझ गई कि वह इस कारण है कि सरदार जानता था कि लगभग सभी डाकू इस प्रकार सोचते हैं। सरदार स्वयं भी इस सम्बन्ध में कुछ निश्चित नहीं सोच पाता था। डाकुओं का सरदार होते हुए भी वह बहुत कुछ लोकतांत्रिक विचारों का था। वह पार्वती के मामले में साथियों से आंख उठाकर नहीं मिल पाता था। बस, इतना ही समर्थन था कि उसे स्त्री मिल गई है, लगभग उसके गले मढ़ गई है, इसलिए जिस प्रकार

भी बन रहा है, वह उसे बजा रहा है। बोला—कुमार ने ऐसा कहा?

—हां। वह तो मुझसे यह भी कह रहा था कि हम दोनों को मिलकर सरदार को समझाना चाहिए कि वह या तो इस औरत को निकाल बाहर करे या तो उसे सबके लिए कर दे।

—तो तुमने क्या कहा?

पार्वती जवाब सुनने के लिए उत्सुक होकर ऐसे चुप पड़ गई कि सांस भी शायद बन्द हो गई।

रघुनाथ ने कहा— हम दोनों में इसपर बातचीत होती रही

और मैंने कहा कि तुम्हारा दिमाग व्यर्थ में उत्तेजित हो रहा है,कल हम लोग बात करेंगे, अब सो जाओ। सवेरे उठकर सारी बात करेंगे। पर सवेरे उठा तो देखा कि कुमार गायब है और नाव उस पार लगी है। उसने तो नाव छोड़ दी थी, पर पता नहीं कैसे वह एक पत्थर से अटक गई थी।

सरदार ने कुछ भी नहीं कहा, गम्भीर हो गया, बोला—तो तुम्हारा क्या ख्याल है कि वह कहां गया है?

—वह कहीं भी जा सकता है।

सुनते-सुनते पार्वती का मन इस प्रकार से विद्रोह कर उठा कि वह बोल पड़ी—सब झूठ है...

रघुनाथ ने आंखों से प्रार्थना की। बोला—तीन दिन वाली बात कुछ नहीं। ढोंढवा ने काटा है। तुम अभी उठ जायो। तीन दिन लेटने की जरूरत नहीं।

पार्वती ने इसका अर्थ समझ लिया कि तीन दिन वाली मोहलत खत्म हो गई। वह बोली—झूठ यह है कि करैत ने काटा है। मेरा ख्याल है कि ढोंढवा ने ही काटा था। व्यर्थ में लंगड़ी हो गई।

रघुनाथ बोला—दस-एक दिन में सब ठीक हो जाएगा।

पार्वती इसका अर्थ नहीं समझ सकी। क्या यह कह रहा है कि दस दिन में मैं सरदार को ठिकाने लगा दूंगा? कुछ भी हो, वह चुप हो गई और उसने करवट बदलकर तम्बू की दीवारों की ओर देखना शुरू किया। सरदार बोला—यह समझ में नहीं आता कि वह चोरी से क्यों गया? यदि वह

विश्वासघात कर सकता है, तो सभी कर सकते हैं। मैं तो नहीं मानता, पर जब एक बात प्रत्यक्ष हो गई, तो कैसे कहूं कि नहीं। दाल में कुछ काला ज़रूर है।

उसी दिन पड़ाव बदल दिया गया और पहरे कड़े कर दिए गए।

8

रायबहादुर शामलाल ने इंस्पेक्टर ज्योतिस्वरूप को (जो जेलवार्डर रामसहाय बन गया था) पूरी परिस्थिति समझाते हुए कहाएक पर एक आदमी हों, तब तो किसी प्रकार की आशंका नहीं रहेगी। हमें आशा है, पूरे डाकू-दल को गिरफ्तार कर सकेंगे।

ज्योतिप्रसाद ने कहा—जी हां, मैंने वैसी ही व्यवस्था की है। मैं स्वयं रहूंगा, इसलिए यदि रघुनाथ गिरफ्तार हो गया तो मैं उसे भागने का मौका दूंगा।

हां, फिर भी उसकी भलाई के लिए यह अच्छा होगा कि उसे किसी तरह मामूली ज़ख्मी कर दिया जाए, ताकि वह लौटे तो उसकी कहानी सच मानी जाए।

—जी हां, पर आप फिर उस बात पर विचार करें। रायबहादुर ने पूछा—कौन-सी बात?

—वही कि इस मौके से पूरे गिरोह को ही पकड़ लिया जाए। हां, केवल रघुनाथ को छोड़ दिया जाए तो उसपर मुझे कोई आपत्ति नहीं है।

रायबहादुर ने इंस्पेक्टर से इशारा किया कि दरवाज़ा बन्द कर दे। इंस्पेक्टर ने उठकर दरवाजा बन्द कर दिया। तब रायबहादुर ने कहा—सुनो भई, एक दफे मैं सारे डाकुओं को पकड़ लोगे, तो फिर खाओगे क्या? माना कि अपनी सरकार है, पर डाकू नहीं रहेंगे, तो पुलिस भी नहीं रहेगी। स्पेशल पुलिस की जो सैकड़ों सुविधाएं मिली हुई हैं, वे सब जाती रहेंगी।

ज्योतिस्वरूप पहले भी यह तर्क सुन चुका था,पर वह स्वतन्त्रता के बाद पुलिस में अफसर लगा था, कुछ-कुछ आदर्शवादी था,बोला—क्या यही गिरोह थोड़े ही है, और भी बहुत-से छोटे-मोटे गिरोह हैं। फिर डाकुओं के

अलावा दूसरे अपराधी भी हैं, जैसे-चोरबाज़ारी आदि, हम उनपर अपना ध्यान केन्द्रित करेंगे।

रायबहादुर सिगरेट निकालकर एक स्वयं लेते हुए और दूसरा ज्योतिस्वरूप को देते हुए बोले—चोरबाज़ारियों को पकड़ना बड़ा कठिन काम है। वे इस तरह सरकारी दफ्तरों पर छाए हुए हैं कि उनका बाल-बांका करना मुश्किल है। चीनी आक्रमण हुआ, पर उनकी बिरादरी फल-फूल रही है। भारत रक्षा कानून उन्हें छू नहीं पा रहा है। छू तो पाए, पर बाद को कौन झेले मुसीबतें? ना बाबा, मुझे तुम पुराने ढंग से ही चलने दो, कुछ बदमाशों और डाकुओं को हमेशा छोड़ देना चाहिए ताकि उनकी भी रोज़ी चलती रहे और हमारी भी रोज़ी चलती रहे, जेलें भी भरी रहें और हमारा घर भी भरा-पूरा रहे। तुम जानते नहीं हो, ये जेलें बदमाशों के लिए ट्रेनिंग कालेज हैं, जहां वे अपने काम में एम० ए०, पी-एच० डी० होकर लौटते हैं।

ज्योतिस्वरूप कुछ कहना चाहता था, पर कह न सका क्योंकि उसे सहजातबुद्धि से लग रहा था कि रायबहादुर बड़े तजुर्बे की बातें कह रहे हैं। जो पच्चीस डाकू इस डाके में भाग लेने वाले हैं, उन्हींसे सन्तोष करना चाहिए। पहले कदम के रूप में बुरा भी नहीं था, इसके अलावा जब मान्धाता गिरफ्तार हो जाएगा और वह फांसी पर झूलेगा, तो बाकी गिरोह योंही टूट जाएगा। रघुनाथ पर दबाव डाला जाएगा तो साल छः महीने में वह फिर बीस आदमी गिरफ्तार करा देगा। इस तरह रायबहादुर की बात भी रह जाएगी और देश की सेवा भी हो जाएगी, क्योंकि इस समय पुलिस का सारा ध्यान दूसरे कामों में लगना चाहिए।

ज्योतिस्वरूप ने कहा—अच्छी बात है। आपकी ही नीति ठीक मालूम होती है, पर वह जो औरत है, उसे गिरफ्तार करा देने के लिए आपने रघुनाथ से क्यों नहीं कहा?

रायबहादुर ने एक के बाद एक दो-तीन कशें जल्दी-जल्दी लेते हुए मुस्कराकर कहा—उसी औरत के कारण तो इस गिरोह पर जवाल आया है, वह बनी रहेगी, तो आगे और भी ज़वाल पाएंगे। तुमको शायद इसकी

पड़ी है कि असती स्त्री को सज़ा देकर समाज के सामने एक उदाहरण प्रस्तुत करोगे। पर भाई मेरे, तुम उसे अकेले सज़ा दिलाकर क्या करोगे? तुम्हारे समाज के सारे बड़े लोग अपने को तब तक बड़े ही नहीं मानते जब तक उनकी एक या दो या दस रखैल न हों। छोड़ो इन बातों को, मैं उसी स्त्री के ज़रिये से धीरे-धीरे सारे गिरोह को जेलखाने के अन्दर पहुंचाने की आशा रखता हूं।

तो अब ज्योतिस्वरूप को क्या आपत्ति हो सकती थी? आज रात को नवादा गांव में एक महाजन के यहां डाका पड़ने वाला था। मान्धाता स्वयं नेतृत्व करेगा। चौबीस और जवान होंगे, जिनमें जेल से भागा हुआ कालेपानी की सजा पाया हुआ नाहरसिंह भी होगा। चौबीस चुने हुए बन्दूक वाले सिपाही और ज्योतिस्वरूप उनके मुकाबले के लिए चुने गए। रघुनाथ का मत था कि जब डाकू डाका डालकर लौटें, तब उनपर छापा मारा जाए। उस समय हर डाकू के सिर पर या हाथ में कुछ न कुछ गठरी या पोटली होगी, सफलता के कारण वे कुछ हद तक गाफिल भी होंगे। ऐसे समय उन्हें गिरफ्तार करना आसान होगा। कोई भी डाकू आसानी से अपनी लूट कामाल छोड़ना नहीं चाहेगा।

यही तय रहा। पुलिस वाले दिन रहते ही आकर उस रास्ते की तरफ एक मकान में छिप गए, जहां से डाकू गुज़रने वाले थे। ज्योतिस्वरूप ने इसपर रायबहादुर से कहा था—कहीं डाकुओं ने रास्ता बदल दिया, जैसा कि सुना गया, मान्धाता अक्सर करता है, तो क्या होगा?

रायबहादुर ने सिगरेट को राखदान में बुझाते हुए कहा—यहां बैठकर हम जो योजनाएं बना रहे हैं, वे कमी कायम नहीं रहेंगी, यह तो तुम जानते ही हो,जैसी परिस्थिति हो। वैसा करना। कहो तो मैं भी चला चलता हूं, पर जाड़े की रात है और गठिया है। मैं विशेष सहायक नहीं हो सकूंगा। अपने ज़माने में मैंने बहुत कुछ किया है, अब तुम लोग करो।

रायबहादुर ने जो बात कही, वही बाद को सच्ची प्रमाणित हुई। ऐन

मौके पर मान्धाता को कुछ सन्देह हुआ और उसने रास्ता बदल दिया। तब ज्योतिस्वरूप अपनी टुकड़ी के साथ उनपर टूट पड़ा। पहले ही धांय-धांय करके सबने आसमान में एक-एक गोली चला दी ताकि डाकू डर जाएं। इसपर डाकू तेजी से भागे, पर मान्धाता ने एक पेड़ की आड़ लेकर विन्चेस्टर राइफल से आग बरसाना शुरू कर दिया। जब गांव वालों का ढांढ़स बंधा, तो वे भी इस लड़ाई में शामिल हो गए। दोनों ओर से गोलियां चलीं, फिर डाकू घेर लिए गए, क्योंकि पांच सिपाहियों की एक टुकड़ी दूसरी तरफ से आई, तब डाकू लड़ाई छोड़कर भागने लगे, पर गांव वालों की सहायता से सब पकड़ लिए गए। यहां तक कि मान्धाता भी पकड़ में आ गया, क्योंकि उसकी सौ गोलियां खत्म हो गईं, यद्यपि वह बहुत बहादुरी से लड़ा था।

जब घण्टे-भर बाद गैस जलाकर डाकुओं को गिना और देखा गया तो मालूम हुआ कि नाहर की लाश मिली है। पता लगा कि नाहर गिरफ्तार हो गया था, उसकी बन्दूक भी छीन ली गई थी, उसीके साथ रघुनाथ भी गिरफ्तार हुआ था, पर ज्योतिस्वरूप ने इशारा कर दिया और रधुनाथ छोड़ दिया गया, तब नाहर ने दौड़कर रघुनाथ की तरफ जाने की कोशिश की, पर वह एक कदम भी नहीं जा सका। उसी समय एक भयंकर विस्फोट हुआ, जिसमें नाहर और साथ ही उसको पकड़ने वाला सिपाही उड़ गया। दोनों के ढांचे कुछ हद तक रह गए। शायद नाहर के पास कोई भयंकर बम था, जिसका पता रघुनाथ को भी न था, इसीलिए वह इसकी खबर पहले से नहीं कर सका था।

जब नाहर की लाश तो नहीं, उसका बचा-खुचा ढांचा (जो सिपाही मरा था, उसकी भी लाश का अवशेष उसी बैलगाड़ी में लादा गया था) और तेईस डाकुओं को बन्दी बनाकर पुलिस की टुकड़ी शहर में पहुंची तो रायबहादुर, जिन्हें पहले से ही खबर मिल चुकी थी, इतने खुश हुए जैसे किसान अनाज से लदा लहलहाता खेत देखकर खुश होता है। वह और ज्योतिस्वरूप फौरन भीतर के कमरे में चले गए और वहां रायबहादुर ने अथ

से इति तक डाकुओं को पकड़ने की पूरी कहानी सुनी। रायबहादुर सब कुछ सुनकर बोले—मैं होता तो रघुनाथ को नहीं छोड़ता।

ज्योतिस्वरूप ने आश्चर्य के साथ कहा—पर आप ही ने तो हुक्म दे रखा था कि उसे छोड़ दिया जाए।

रायबहादुर हंसकर बोले—मैंने यह समभकर कहा था कि दोचार डाकू पकड़े जाएंगे, इसलिए रघुनाथ को बाद को काम में लाने के लिए रखना अच्छा रहेगा, पर जबकि स्वयं मान्धाता गिरफ्तार हो गया और लगभग सभी मुख्य डाकू गिरफ्तार हो गए, ऐसी हालत में रघुनाथ के साथ वचन की रक्षा करना ज़रूरी नहीं था। खैर, तुम अभी युवक हो, इन गुत्थियों को नहीं समझोगे। उसे छोड़ देना ठीक ही रहा। लगे हाथों वचन का पालन भी हो गया। पर बेईमान दुश्मन से वचन का पालन ज़रूरी नहीं।

इसके बाद दोनों मान्धाता को बुलाकर पूछताछ करने लगे। मान्धाता वर्णन के अनुरूप ही निकला, मात्र पांच फुट का सिकुड़ासा आदमी, पर देखने से पता लगता था कि हरएक मांसपेशी लोहे की बनी हुई है। चेहरे पर भी दृढ़ता की छाप थी, यद्यपि इस समय चेहरा कुछ मुरझाया हुआ था। रायबहादुर ने उसे देखते ही व्यंग्य के साथ कहा—मेरा नाम तुमने सुना होगा, मैं हूं—रायबहादुर शामनाथ, तुम लोगों का काल। आखिर आ गए न? ईश्वर के हाथ लम्बे हों या न हों, पुलिस के हाथ लम्बे हैं।

मान्धाता हथकड़ियों में जकड़ा हुआ खड़ा था। उसके दो तरफ दो छः फुट के सिपाही उसके कन्धे पर से लाए हुए पट्टे की रस्सी को थामे हुए थे। मान्धाता की आंखें एक बार चमकीं, उसकी राइफल की गोली दगने की तरह, पर फौरन ही भीगी बारूद के कारण बुझ जाने वाली लौ की तरह वह चमक लुप्त हो गई। वह कुछ नहीं बोला, तब रायबहादुर ने कहा—तुम्हारा इतिहास कोई नहीं जानता, पर मैं जानता हूं। औरों की तरह तुम किसी अपराध की सज़ासे भागकर डाकू नहीं बने, तुमने 1642 में बड़ा काम किया, वह काम भी उस समय की सरकार के विरुद्ध था, पर बाद को जब स्वराज्य हो गया, तो तुम अच्छे नागरिक बन सकते थे, बनना ही चाहिए

था, जैसे कि सब बने, पर तुमने एक बार जो कानून तोड़ना शुरू किया, तो फिर रुक नहीं पाए और तुमने डाकुओं का गिरोह स्थापित किया। नाहर का इतिहास भी शायद तुम्हारी ही तरह है। वह भी 1642 में शायद तुम्हारे साथ काम करता था...

मान्धाता ने फिर भी कुछ नहीं कहा, यहां तक कि उसकी वह सतत लपलपाने वाली बन्दूकी आंखें भी फिर नहीं चमकीं। वह रायबहादुर को अधबुझी आंखों से देख रहा था जैसे श्मशान का कुत्ता जलती चिता की ओर देखता है। रायबहादुर ने कहा—कानून तोड़ना एक बार शुरू हो जाता है तो फिर वह रुकता नहीं है...

मान्धाता से अब नहीं रुका गया, बोला—जैसे गुलामी करना एक दफे शुरू हो जाता है तो फिर वह रुकता नहीं है, वह चलता ही जाता है। तुम जब ब्रिटिश सरकार के गुलाम थे, तब इन्हीं लोगों की जड़ खोदते थे, जो अब देश के नेता हैं। अब तुम पश्मीने की शेरवानी पहनकर बड़े भारी देशभक्त बने हुए हो!

रायबहादुर के व्यंग्य से उद्भासित चेहरे पर जैसे किसीने राख के रंग के बादल फेंक मारे। वे समझ गए कि फजूल में अपमान निमन्त्रित किया, इससे न बोलते तो अच्छा रहता, पर अच्छाई इतनी है कि यहां उपस्थित जितने भी कर्मचारी सिपाही हैं, वे सब ब्रिटिश युग के हैं, केवल ज्योतिस्वरूप बाद को आया हुआ था, पर यह भी एक आकस्मिक घटना थी, क्योंकि नौकर वह बाद को भले ही लगा हो, पर ट्रेनिंग में वह पहले से था। रायबहादुर पहिये को पीछे की ओर लौटाना चाहते थे, पर मान्धाता ने कहा—मैं तुम लोगों को खूब जानता हूं। अब देशभक्त बने हो, कल कोई और विदेशी सरकार आ जाए, तो तुम उसके उसी तरह गुलाम बन जानोगे। आदतन गुलाम होने से प्रादतन कानून तोड़ने वाला अच्छा। कम से कम मैंने आत्मा को तो नहीं बेचा, मेरी आत्मा पर यह बिल्ला तो नहीं लगा है—'बिकाऊ है, जो भी ज़्यादा से ज़्यादा दाम दे।'

कहकर मान्धाता इतने ज़ोर से हंसा कि किसीको विश्वास नहीं हुआ

कि पांच फुट का यह सिकुड़ा-सा आदमी इतने जोर से हंस सकता है कि लगे, छत टूट पड़ेगी। थोड़ी देर तक रायबहादुर और मान्धाता एक-दूसरे को आंखों से तौलते रहे, जैसे दो पहलवान जब ताल ठोककर मैदान में खड़े होते हैं, तो एक-दूसरे को आंखों से तौलते हैं।

रायबहादुर एक क्षण के लिए तो भैप गए, परन्तु फौरन ही बोले—मैं अपने देश की सरकार का नौकर हूं, पर तुम देशभक्त से अपराधी बन गए। केवल डाका नहीं, तुमने एक ऐसी स्त्री को अपनी रखैल करके रख लिया जो सभी दृष्टियों से त्याज्या और सज़ा के योग्य है।

मान्धाता को आश्चर्य नहीं हाकि पार्वती की बात इसे मालूम थी, बोला—मुझे मालूम है कि विश्वासघात से ही तुमने मुझे पकड़ा है और विश्वासघात से ही तुमको सारी बातें मालूम हैं, पर यदि तुम इस भ्रम में हो कि मैं अब फंसकर तुम्हारे सामने गिड़गिड़ाऊंगा, निहोरे करूंगा, तो तुम भ्रम में हो। मुझे जीने में कोई दिलचस्पी नहीं। यदि मुझे पता होता कि नाहर के पास बम है, तो मैं भी उसीसे आत्महत्या कर लेता।

रायबहादुर के चेहरे पर अब फिर पहले वाली हंसी तरंगित होने लगी थी, उन्होंने कहा—छोड़ो इन बातों को, एक बात मेरी समझ में नहीं आई कि तुम देशभक्त से यानी 1642 के वीर से डाकू क्यों बन गए?

मान्धाता ने देर तक कोई उत्तर नहीं दिया। कमरे में सन्नाटा बना रहा, पर रायबहादुर ने कोई बात नहीं कही और मान्धाता का चेहरा देखते रहे। मान्धाता कुछ कहना नहीं चाहता था, यह तो स्पष्ट था। अन्त में कुछ देर बाद बोला—इन बातों को छोड़िए, आपने हमें अपने चंगुल में पाया है। आप मुझे फांसी दीजिए, इन बातों से आपको कोई मतलब नहीं। कानून की आंखों में मैं डाक और डाकुओं का सरदार हूं।

पर रायबहादुर नहीं माने, बोले—डाकुओं को तो हम रोज़ ही पकड़ते रहते हैं। उनके मनोविज्ञान को हम अच्छी तरह समझते हैं, पर तुम्हारी बात मैं नहीं समझ पाया। क्या बात है? और कुछ नहीं तो एक बूढ़े की कौतूहल-निवृत्ति के लिए ही बता दो...

साथ ही रायबहादुर ने इशारा किया और मान्धाता के पीछे एक कुर्सी आ गई। हथकड़ियां तो उसी प्रकार पड़ी रहीं और पीठ पर वह पट्टा भी पड़ा रहा, पर कुसी पर बैठते ही मान्धाता का चेहरा कुछ कोमल पड़ गया।

रायबहादुर ने एक फाइल निकाली, फिर उन्होंने उसमें से अखबारों की कई कटिंग निकालीं, जिनमें मान्धाता के सम्बन्ध में खबरें थीं। रायबहादुर ने फाइल मान्धाता को दूर से दिखाकर बन्द करते हुए पूछा—यहएक रहस्य है, जिसका जवाब मैं चाहता हूं। तुम जानते हो कि मुकदमे के लिए इस प्रश्न का उत्तर जानना ज़रूरी नहीं है। रहा मेरे और दूसरे सरकारी नौकरों के सम्बन्ध में : यह सच है कि हम लोग ब्रिटिश युग में किसी सिद्धान्त के लिए नौकरी नहीं कर रहे थे, पर स्वराज्य के बाद से हम लोग अपने को बदल रहे हैं और मुझे विश्वास है कि हम लोग नये वातावरण में बहुत कुछ बदल चुके हैं। नई पीढ़ी तो बिल्कुल ही दूसरे विचारों की होगी, इसमें कोई सन्देह नहीं।

इस प्रकार रायबहादुर ने मान्धाता के मन के अन्दर की अन्तिम ब्रेकों और क्लचों को हटा दिया। तब मान्धाता बोला—देखिए, स्वराज्य के बाद मैं बहुत दिनों तक देशभक्ति की लहर में बहता रहा। पर मैंने हर कदम पर यह अनुभव किया, बल्कि हमें यह अनुभव कराया गया कि हम जिस सपने के भारत के लिए लड़ रहे थे, वह तो आया ही नहीं। देशभक्त तो तलछट बनकर पानी के नीचे बैठगए और ऊपर आए आप ऐसे लोग, जिनको अपनी नौकरियों के अलावा किसीचीज़ से सम्बन्ध नहीं था,जो मुफ्तखोरी और हरामखोरी के आदी थे। ऊपर से कुछ मन्त्री ज़रूर हमारे बैठ गए, पर वे भी पुराने देशभक्तों के सांचे में न ढलकर आप ऐसे लोगों के सांचे में ढलने लगे। उनकी बीवियां, जो चर्खा कातने में गौरव मानती थीं,आप ऐसे लोगों की बीवियों के साथ बैठकर किस वक्त कौन-सी शराब पी जाती है, किस कम्पनी की कौन-सी शराब अच्छी है, कांटा-चम्मच कैसे पकड़ा जाता है, यह सब तालीम लेने लगीं। मैंने देखा, मन्त्रियों की बीवियां आई० सी० एस० की बीवियों के पीछे-पीछे ऐसे चलने लगीं, जैसे शिष्याएं हों। तब मैं

अलग हो गया।

रायबहादुर उसकी बातों को नहीं समझ सके, बोले—तुमने बड़ी गलती की।क्या तुम संसार-प्रसिद्ध नेताओं से भारत का हित अधिक समझते थे?

कहकर रायबहादुर उठ खड़े हुए।

9

रघुनाथ जब छूटकर अपने जंगल में पहुंचा, तो वह उतना खुश नहीं था, जितना कि वह समझता था कि मान्धाता के पकड़े जाने पर वह खुश होगा। केवल विवेक के दंशन की बात नहीं थी, साथियों से इस बात की व्याख्या करनी थी कि कैसे अकेले वही बच गया, बाकी सब गिरफ्तार हो गए। मान्धाता से लोग उस दिन से कुछ कम खुश रहने लगे थे, जबकि पार्वती यहां लाई गई थी, पर मान्धाता पर लोगों को बहुत विश्वास था। वे समझते थे कि मान्धाता उन्हें एक बार मौत के मुंह से छुड़ाकर ला सकता है। अवश्य रघुनाथ पर भी लोगों का कुछ विश्वास था, विशेष कर पहली बार ही जब उसने झोंपड़ी में आग लगाकर गांव वालों का ध्यान दूसरी तरफ खींच दिया, तब से उसपर विश्वास बढ़ा ही था, पर अब की बार जब से वह भागकर आया था, तब से लोग न जाने क्यों उससे कुछ बचते थे। नाहर तो उससे उस दिन से बहुत दूर हो गया था। हां, कुमार पर विश्वासघात का दोष लगाकर वह कुछ हद तक अपने ऊपर के सन्देह को दूसरी दिशा देने में समर्थ हुआ था, पर अधिक सफलता नहीं मिली थी। सब लोग भीतर-भीतर यही समझते थे कि कुमार अवश्य लौटकर आएगा। वह अवश्य किसी ज़रूरी काम से गया है। साधारण डाकू यह भी कहते थे कि मान्धाता को पता होगा कि वह कहां गया है, यद्यपि मान्धाता खुले आम कह चुका था कि मुझे कुछ पता नहीं है।

रघुनाथ सहमते हुए अपने डेरे पर पहुंचा और उसने पार्वती को बुरी खबर सुनाई। पार्वती समझ गई कि यह सब रघुनाथ की ही कारस्तानी है।

वह कुछ ऐसी ही आशंका कर रही थी, इसलिए उसे बहुत आश्चर्य नहीं हुआ, यानी इतना आश्चर्य नहीं हुआ कि वह एकदम घबड़ा जाए। बुरी खबर सुनकर सब या लगभग सब साथी एकत्र हो चुके थे। सबके चेहरे पर आतंक था।

रघुनाथ ने कहा—नाहर मारा गया, बाकी सब लोग पकड़े गए हैं, ऐसा मेरा खयाल है। सम्भव है, मेरी तरह कोई एकाध भाग निकला हो, जो घायल होने के कारण शायद धीरे-धीरे ही आ पाए।

यह कोई नई बात नहीं थी। कई बार डाकों में गोली चलने पर ऐसा होता था कि घायल आदमी बाद को ही आ पाता था। यों रघुनाथ को अच्छी तरह पता था कि एक भी नहीं भाग पाया। वह स्वयं भी भाग नहीं पाया था, पर उसने ऐसा इसलिए कहा कि कहानी कुछ स्वाभाविक मालूम हो।

पार्वती ने तथा अन्य लोगों ने सारी बातें सुन लीं। किसीने कुछ नहीं कहा। केवल पार्वती ने कुछ चुप्पी के बाद कहा—क्या सरदार भी पकड़े गए?

रघुनाथ को तो अच्छी तरह मालूम था कि सरदार पकड़ा गया है, बल्कि सरदार पहले पकड़ा गया था और वह बाद को।

लोगों ने और ब्यौरा पूछा, तो रघुनाथ ने पूरा ब्यौरा बताया। सारी बातें सही-सही बताईं, केवल इतना ही नहीं बताया कि उसीके बताने से पुलिस वाले आ गए थे। सुनकर जगदीश ने कहा—तो जब तक सरदार लौट नहीं आते, तब तक क्या हो, यह सोचना चाहिए।

रघुनाथ ने इस प्रस्ताव को बहुत नाप सन्द किया। यह जैसे उसके अधिकारियों पर आघात था। वह यह समझता था और यही समझकर उसने सब कुछ किया था कि सरदार के बाद वही सरदार बनेगा, इसमें सोचने की बात क्या है? सरदार के ज़माने में भी जब सरदार कहीं बाहर जाते थे, तो कमान उसीके हाथ में आती थी। उसने कहा—सोचना क्या है? सब सोचा-सोचाया है। जब सरदार कहीं बाहर जाते थे, तो दल का सरदार मैं ही बनता था, इसलिए उसमें सोचना कुछ नहीं है।

रघुनाथ ने इन बातों को इस तरह के लहजे में कहा कि एक बार सन्नाटा छा गया। सब एक-दूसरे का मुंह ताकने लगे। यह स्पष्ट था कि लोग इस वक्तव्य से सन्तुष्ट नहीं थे। रघुनाथ भी यह भांप गया, पर उसके लिए तो यह क्षण बहुत ही महत्त्वपूर्ण था। या तो इसी मुहूर्त उसका सितारा चमकता या वह हमेशा के लिए डूब जाता। उसने कहा—इसमें सोचने की कोई बात नहीं है। मेरा ख्याल है कि सरदार ज़रूर भाग निकले होंगे, पर सम्भव है कि उन्हें कोई गोली लगी हो, इसलिए कुछ ठीक-ठाक होकर ही भाग पाए होंगे, जैसेकि हमारे कई साथी तीन-तीन महीने तक में आए हैं। —पार्वती को अब एकाएक भाषा मिल गई, बोली—क्यों न कुछ लोग सरदार तथा दूसरे लोगों को खोजने के लिए आगे बढ़कर जाएं। एकाध आदमी की बात और होती थी, पर अब की बार तो दल के सब अच्छे लोग गायब हो गए हैं, इसलिए तलाश होनी चाहिए। इसके अलावा एक टुकड़ी यह भी पता लगाए कि जेल में कौन-कौन लोग पहुंचे हैं। इस समय कुमार होता तो बड़ा काम देता। अफसोस है कि वह नहीं है।

रघुनाथ को लगा कि पार्वती के वक्तव्य में उसके प्रति व्यंग्य है, पर वह भी समझ गया कि इस वक्त इसके विरुद्ध कुछ कहना खतरे से खाली नहीं है। बोला—कुमार के ही कारण तो यह सारी विपत्ति आई। मैंने पहले ही कह दिया था कि कुमार का उस तरह से भाग जाना ठीक नहीं रहा।

पार्वती सोच रही थी कि क्या वह समय आ गया है, जब वह बाकी डाकुओं के सामने कुमार की मृत्यु की बात बता दे? उसने इस दृष्टि से साथियों को देखा, पर उनमें जगदीश के अलावा कोई भी ऐसा व्यक्ति नज़र नहीं आया जो रघुनाथ के सामने सिर ऊंचा करके खड़ा हो सके। यों तो रघुनाथ अस्त्र छोड़कर भाग आया था, पर आते ही उसने मान्धाता के निजी शस्त्रों पर कब्ज़ा कर लिया था। उसके हाथ में एक भरी हुई माउजर पिस्तौल थी, जिससे दस आदमी तो ठौर मारे जा सकते थे। इसके अलावा उसकी कमर में एक रिवाल्वर भी लटक रहा था। यदि पार्वती सच बताती तो फौरन झगड़ा होता, जिससे कोई लाभ न होता, क्योंकि डाकू इस समय

अपने-अपने अस्त्र छोड़कर आए थे। पार्वती ने कहा—जगदीश शहर जाए और रघुनाथ दो आदमी लेकर फौरन सरदार की तलाश में जाए। दोनों में से किसी दल को अस्त्र ले जाने की जरूरत नहीं। हां, वे रुपये ले जाएं।—कहकर पार्वती ने रघुनाथ की तरफ हाथ बढ़ाया और रघुनाथ से भरी हुई माउजर पिस्तौल ले ली।

जब रघुनाथ पिस्तौल दे चुका, तब उसे पता लगा कि उसने पिस्तौल दे दी है। साथ ही वह समझ गया कि इसी हस्तान्तरण से नेतृत्व उसकी बजाय पार्वती के हाथ में चला गया। फिर वह तो जाना नहीं चाहता था। वह तो पहले पार्वती पर अधिकार चाहता था। बोला—मैं थक गया हूं। और लोग जाएं।

पार्वती समझ गई कि वह क्या सोच रहा है, बोली—साधारण समय में हम लोग तुम्हारी थकावट का ख्याल करते, पर इस समय मौका यही है कि तुम सरदार को खोज लाओ। जगदीश भी अपने काम पर रवाना हो जाए। मेरे ख्याल से यही सबकी राय होगी।

सबने इसका समर्थन किया, फिर भी पार्वती को यह डर बना रहा कि दुष्ट कहीं अकेले पाकर कोई ज्यादती न करे, इसलिए उसने कहा—घण्टे-भर के अन्दर दोनों टुकड़ियां रवाना हो जाएं और हां, रघुनाथ, तुम वह रिवाल्वर भी देते जाओ।—कहकर उसने हाथ पसार दिया।

रघुनाथ क्या करता, उसने फौरन रिवाल्वर निकालकर दे दिया। वह समझ गया कि वह इस महिला से पहली पकड़ में परास्त हो गया। केवल परास्त ही नहीं, निरस्त्र भी कर दिया गया। शायद सब लोग उसपर सन्देह भी कर रहे थे। कहां तो उसने सोचा था कि आते ही पहला काम वह यह करेगा कि पार्वती को पकड़कर तम्बू का दरवाज़ा बन्द कर लेगा। उसने सारा विश्वासघात इसी मूल्य के लिए किया था। वह अपने को कतई रायबहादुर के सामने की गई प्रतिज्ञा में बंधा हुआ नहीं समझता था। उसने उस प्रतिज्ञा को इसीलिए पूर्ण किया था कि उसकी दो उच्चाकांक्षाएं पूर्ण हों—एक तो दल का नेतृत्व उसे मिले और दूसरे पार्वती का शरीर उसे मिले। दूसरा पुरस्कार पहले से भी अधिक आकर्षक था। उसने कुमार को इसीलिए मारा और सरदार को

अपने मुख्य साथियों के साथ इसीलिए पकड़वाया, पर वह इस महिला की चालाकी से व्यर्थ हो गया। उसे बहुत क्रोध आया। यदि अकेले में होता, तो वह बिना परिणाम देखे पार्वती पर टूट पड़ता और उसपर बलात्कार करके ही मानता, चाहे उसके बाद उसकी हत्या ही कर देनी पड़ती, पर इस समय परिस्थितियां ऐसी हो गई कि वह मंत्रौषधिरुद्धवीर्य सर्प की तरह न तो फन उठा सका, न फुफकार सका, डसना तो बिल्कुल ही दूर रहा। भीतर ही भीतर वह अपने विष में घुलकर रह गया, असल में उसका विश्वासघातक मन उसे दबा रहा था। उसने परिस्थितियां देखकर आत्मसमर्पण करने का निश्चय किया।

बड़ी निराशा हुई। मन की बात मन में ही रह गई। सारा षड्यन्त्र व्यर्थ गया। उसे उसी समय तैयार हो जाना पड़ा। घण्टे-भर के अन्दर दोनों टुकड़ियां अपने-अपने रास्ते रवाना हो गई।

पार्वती अपने तम्बू में गई। उसकी समझ में नहीं आ रहा था कि अब आगे क्या करना चाहिए।

जब रात बहुत हो गई तो पर्वती सो गई, यही आशा करके कि खैर, कुमार तो नहीं लौट सकता, पर सरदार लौट आएगा। साथ में भरी हुई पिस्तौल रखी, पता नहीं कब क्या ज़रूरत पड़े और रिवाल्वर भी। वह कब सो गई, यह उसे पता नहीं हुआ, शायद इसी कारण कि उसे सान्त्वना की ज़रूरत थी। उसने देखा कि कोई तम्बू की रस्सी खोलकर आ गया। पार्वती ने टार्च जलाई, पर टार्च से व्यक्ति का पता लग पाए इसके पहले ही उस व्यक्ति ने उसे आलिंगन में बांध लिया था और चुम्बनों से उसे इस प्रकार काबू में कर दिया कि न वह कुछ देख सकी, न सोच सकी, न अनुभव कर सकी। वह पहचान गई थी कि यह सरदार नहीं, रघुनाथ है, जो उसपर आग के गोले की तरह लावा-प्रवाह लेकर टूट पड़ा है, अपनी सारी लावा उसमें डालने के लिए। मुंह से एक शब्द भी नहीं निकला, बल्कि नहीं निकल सका। रघुनाथ तो उसके साथ बलात्कार करने पर तैयार था। उसने पार्वती के कपड़े फाड़ दिए थे और अब वह अन्तिम छलांग भरने ही वाला था कि पर्वती को पता नहीं हुआ और माउजर की गोली चल गई।

गोली चलते ही रघुनाथ सम्हल गया, क्योंकि चारों तरफ से डाकू दौड़ पड़े। यह उसे पता लग गया। वह पार्वती से अलग होकर सिकुड़कर बैठ गया, बोला—पार्वती,तुम मेरी मां हो, मुझे बचाओ। ये मुझे जीता न छोड़ेंगे। तुम जानती हो कि इनमें से कोई भी तुम्हारा दोस्त नहीं है, सभी तुमपर मेरी ही तरह बलात्कार करना चाहते हैं, पर इसीलिए वे मुझे और भी मार डालेंगे, वे मुझे ज़रूर मार डालेंगे।

पार्वती के लिए सबसे अच्छी बात जोहो सकती थी, वह यही थी कि रघुनाथ मारा जाए। उसके मारे जाने से कई हिसाब चुकता हो जाते थे। केवल कुमार की हत्या के लिए, जो उसके सामने ही घटित हुई थी, उसे मार देना चाहिए था। इसमें किसी प्रकार का कोई पाप नहीं था। रहा उसने मान्धाता को पकड़ाया था या नहीं, दूसरों को उसने गिरफ्तार कराया था कि नहीं, यह जानने की जरूरत नहीं थी। यदि डाकू उसे मारें, तो इससे अच्छी बात कोई नहीं हो सकती। इस दुष्ट को यही सज़ा मिलनी चाहिए थी। यदि मान्धाता लौटेंगे, तो वे जानकर बहुत खुश होंगे कि विश्वासघातक को सज़ा मिल गई।

अभी वह पूरी तरह सोच नहीं पाई थी, उसे तो अभी तक पूरी तरह यही पता नहीं था कि वह स्वप्न देख रही है या यह वास्तविकता है कि दस-पन्द्रह साथी उसके तम्बू के अन्दर टार्च मारते हुए बोले—यहीं गोली चली है।

बाहर किसीने कहा—शायद पार्वती ने आत्महत्या कर ली हो।...

पर एक डाकू, जो टाच भीतर मार रहा था, उसने कहा—नहीं, नहीं, वे क्या खड़ी हैं!

पार्वती फौरन बाहर आ गई। उसके हाथ में वही माउजर पिस्तौल थी, बोली—इसीकी गोली छूटी है।

—कैसे?

एकसाथ कई लोगों ने प्रश्न किया। तब पार्वती के कानों में वह 'मां' शब्द गूंज उठा, जिसे रघुनाथ ने अभी डरकर इस्तेमाल किया था, फिर

उसने चारों तरफ टार्च से उद्भासित चेहरों को देखा, तो उन सबकी आंखों में वही बात थी, जो रघुनाथ के गड़नेवाले आलिंगन में थी। उसने अपने को कहते हुए पाया—शायद मैंने कोई स्वप्न देखा कि कोई चढ़ पाया है, इसलिए गोली चल गई।

टार्च के कारण जो चेहरे दिखलाई दे रहे थे, उनसे पता लगा कि सब लोग निराश हुए। वे कुछ और ही आशा करके आए थे। तब एक आदिवासी डाकू ने कहा—गलती हम लोगों की है। यहां किसीको पहरे पर होना चाहिए था। तुम्हारे लिए डर लगना अचरज नहीं है।

पार्वती ने उसका चेहरा देखा तो उसे भरोसा नहीं हुआ, बोली —एक नहीं, एकसाथ दो व्यक्ति पहरे पर होने चाहिए। मुझे बड़ा डर लगता है।

कहकर वह भीतर से चली गई। भीतर से ही उसे मालूम हुआ कि दो-तीन साथी आसपास तम्बू के बाहर तैनात हैं। रघुनाथ इस बीच पता नहीं कैसे निकलकर भाग चुका था। जब पार्वती ने और गहराई के साथ इस सारी घटना पर विचार किया, तो उसे लगा कि रघुनाथ को भागने देकर उसने भारी गलती की। इससे अच्छा मौका अब आगे हाथ नहीं आने का। पर यहां एक रघुनाथ नहीं, सभी रघुनाथ थे। शायद एकाध अपवाद हो।

10

कुमार अपने प्राण बचाने वाले बाबा जी को समझ नहीं पाया था। जब उसने उपचार के बाद आंख खोली और उसे निश्चय हो गया कि वह स्वप्न नहीं देख रहा है, बल्कि सचमुच जीवित है, तो उसने बाबा जी को बड़े उग्र रूप में पाया। वे उसे पता नहीं किन पत्तों का रस देते हुए बोले—यदि मेरी बात सुननी है, तब तो यह रस पीओ, नहीं तो तुम्हारा मर जाना ही अच्छा है।

कुमार सिर पर हाथ फेरकर देख चुका था कि उसे गाली लगी नहीं है, केवल वह डूब गया है। हां, उसका सिर दाहिनी तरफ से कुछ फट गया था,

पर यह नाव के साथ टक्कर के कारण हुआ था। बाबा जी ने कहा—तुम शायद कोई डाकू हो?

एक बार कुमार को सन्देह हुआ कि यह साधु के वेश में कोई पुलिस वाला तो नहीं है? पर उस हालत में यह मर जाने को क्यों कहता? यह तो फिर और ही दाम मांगता। कुमार गट-गट करके रस पी गया, फिर बोला—महाराज, आपने मेरी जान बचाई है। आप जो भी दाम मांगेंगे, वह मैं देने को तैयार हूं, बस एक काम विश्वासघात—मुझसे न होगा। मैं किसी भी हालत में विश्वासघात न करूंगा।

बाबा जी कुमार के हाथ से मिट्टी का बर्तन लेते हुए बोले—जब तुम वह व्यक्ति हो ही नहीं, जब तुम्हारा पुनर्जन्म हुआ, तो फिर तुम अपने मन में कुण्ठा क्यों रखे हुए हो? तुम्हें तो चाहिए कि पूरा जीवन मुझे अर्पित कर दो।

कुमार को बहुत कमज़ोरी मालूम हो रही थी। सिर में बड़े जोर का दर्द था। विचार स्पष्ट नहीं थे। लग रहा था कि चिन्तन की प्रक्रिया का यंत्र पूरी तरह काम नहीं कर रहा है। उसने आंखें मूंद लीं, कुछ उत्तर ही नहीं सूझा। लग रहा था, जो भी हो, उससे कुछ माता-जाता नहीं था। मरे तो,जिए तो। न रघुनाथ उसका कोई था, न मान्धाता कोई। यदि रघुनाथ मान्धाता को मारता या पकड़वाता है, पार्वती को भोगता है, तो इससे क्या? किसी बात से कुछ भी नहीं आता-जाता।

जब दो घण्टे बाद वह जगा, तो शरीर काफी स्वस्थ लग रहा था। लग रहा था कि कुछ भी नहीं हुआ है। वह उठ बैठा तो बाबा जी ने उसके सामने कुछ फल रख दिए। बोले—खाओ, इस समय तुम्हारे लिए दूध ही अच्छा रहता। पर यहां दूध कहाँ! हम तो बिल्कुल वन्य जन्तुओं की तरह रहते हैं।

कुमार फल खाने लगा। वह ध्यान से बाबा जी को देख रहा था। कसरती चेहरा था। भुजदण्ड शायद बहुत दीर्घ, जैसाकि कुछ बन्दरों में होता है। ठुड्डी पर दृढ़ता के चिह्न। आंखें बड़ी-बड़ी, जिनकी नसें लाल-लाल दिखाई दे रही थीं। ज़रूर बाबा जी कोई नशा करते होंगे। पुलिस का आदमी

भी हो सकता है। शायद इसके पास कोई ट्रान्समीटर सेट होगा या क्या पता। बाबा जी ने कहा—मैं समझ गया, तुम उस डाकू-दल के हो, जिसका सरदार मान्धाता है। तुम डूब कैसे गए?

कुमार ने सहसा इसका उत्तर नहीं दिया। यदि यह पुलिस का आदमी है, तो सम्भव है रघुनाथ से ही इसका सम्बन्ध हो, क्योंकि जहां तक वह अनुमान कर सका था, यह स्थान उस स्थान से, जहां वह डूब गया था, मील दो मील के अन्दर था। पूरा निश्चय नहीं था, पर अनुमान यही बैठता था। जंगल और हवा से यही पता लगता था। वह बोला—महाराज, मैं तो बता चुका कि मुझसे विश्वासघात न होगा।

तब बाबा जी बोले—मैं समझ गया। तू मुझे गलत समझ रहा है। मान्धाता मुझसे मिल चुका है, मुझे किसीसे कुछ लेना-देना नहीं है। मैं तो अपनी साधना के सिलसिले में यहां हूं। मैं तुझसे वही प्रतिज्ञा लेना चाहता हूं, जो मैं मान्धाता से लेना चाहता था। पर उसपर मेरा कोई वश नहीं था, इसलिए उससे वह प्रतिज्ञा नहीं ले सका। पर तुझपर मेरा अधिकार है। तू प्रतिज्ञा कर कि आगे कभी कोई अपराध न करेगा, न डाकुओं के गिरोह में जाकर डाका डालेगा और न और कोई कुकर्म करेगा। यदि मैं तुझे सुधार पाया, तो समझूंगा कि मैंने अपनी साधना में सिद्धि पा ली। क्या कहता है?

कुमार का दिल डाकुओं से खट्टा हो चुका था। मन में बड़ी अशान्ति थी। उसने प्रतिज्ञा कर ली। रघुनाथ के विश्वासघात से उसका मन डाकुओं से हट गया था। रघुनाथ ने तो उसके साथ कुत्ते की तरह सलूक किया, बल्कि उससे भी बुरा। सौभाग्य से गोली नहीं लगी, नहीं तो बाबा जी भला क्या उपचार करते? उसने थोड़ी ही देर में अपनी पूरी कहानी सुना दी और किस प्रकार रघुनाथ ने उसे नाव से धकेल दिया और फिर गोली मारी, यह भी बता दिया। अन्त में बोला—महाराज, एक ही इच्छा है, वह यह है कि रघुनाथ को सज़ा दूं।

'बाबा जी ने उस समय उससे कुछ नहीं कहा, पर बाद को उसी विषय

पर लौटते हुए कहा—सज़ा देना तेरा काम नहीं है, तू कौन होता है सज़ा देने वाला? पता नहीं कौन लोग किस-किस बात के लिए सज़ा पा रहे हैं। तू भी इस तरह डूब गया, तुझे गोली मारी गई, यह भी तेरे ही दुष्कर्मों का फल है। तू यह क्यों नहीं समझ रहा है कि तेरे साथ अन्याय हुआ? उस प्रभु के राज्य में तो कोई अन्याय होता ही नहीं। जो जैसा करता है, वह वैसा ही भरता है।

बाबा जी की बातें कुमार की समझ में नहीं आईं,पर एक तो वह कमज़ोर था, दूसरे वह सचमुच समझ नहीं पा रहा था कि क्या भला और क्या बुरा है। उसका जीवन आदर्शवादी था। आदर्शवाद के कारण ही उसने अपराध किया था। शिक्षक के रूप में छात्र की रक्षा करना वह अपना धर्म समझता था, पर उसके अपराध को समझने वाला, उसका सही मूल्य देने वाला कोई नहीं था। इसी कारण वह कानून से भागकर डाकुओं के गिरोह में शामिल हो गया था। तब से वह बड़ी वफादारी से काम करता था। किसी डाके में स्त्रियों के प्रति अत्याचार होने नहीं देता था, मान्धाता की तरह उसने न जाने कितने गरीब बापों को लड़की का दहेज जुटाने में सहायता की थी। एक बार एक डाके में वह घर के भीतर पहुंचा तो उसे ऐसा लगा कि मुखबिर ने घर की दौलत के सम्बन्ध में गलत खबर दी है। जिसके घर डाका पड़ रहा है, वह मामूली आदमी है। न तो वह सूदखोर लगा, न जमींदार। कुमार ने मान्धाता के कान में कुछ कहा और फौरन डाका डालना बन्द कर दिया गया। मान्धाता ने उस गृहस्थ को दो सौ रुपये अपनी जेब से दिए, उससे माफी मांगी और सब डाकू अपने जंगल को वापस चले गए। यह सब कुमार के ही कारण हुआ था।

पर बाबा जी की बातें कुमार को बहुत ही कड़वी लग रही थीं। बाबा जी इधर-उधर जाते और आकर या तो समाधि लगाकर बैठ जाते या उसे व्याख्यान देते। लौटकर बोले—जब तुमने ज़मींदार को मार डाला, तो तुम्हें भागना नहीं चाहिए था। तुम फांसी पर चढ़ जाते, पर डाकुओं के गिरोह में शामिल न होते। तुमने ज़मींदार को इस कारण मारा कि उसने तुम्हारे छात्र के परिवार के साथ अन्याय किया। पर डाका डालना कौन-सा न्याय है? मैं

मानता हूं कि तुम डाके के पैसे का दुरुपयोग नहीं करते, पर सब डाकू तो ऐसे नहीं हैं।

कुमार सुनता रहता, सुनता रहता। उसके अन्दर कुछ चुभता, पर हृदय उदासीन रह जाता। और सब बातें समझ में आती थीं। डाकुओं के गिरोह में शरीक होना गलत था, डाका डालना गलत था, रघुनाथ को जेल से छुड़ाना गलत था, पर यह किसी तरह भी उसकी समझ में नहीं आ रहा था कि रघुनाथ से बदला लेना गलत है। बाबा जी से उसका कहना था कि मुझे बस उससे बदला लेने दीजिए, फिर मैं सम्पूर्ण रूप से आपकी आज्ञा पर चलूंगा, यहां तक कि यदि आप कहेंगे तो मैं पुलिस में हाज़िर हो जाऊंगा।

पर बाबा जी अपनी टेक पर डटे रहे। क्रोध में आकर बोले—तू कौन होता है उसे सजा देने वाला? यह तेरी मूर्खता है कि तैने ज़मींदार को मार डाला। क्या तू समझता है कि उसके दुष्कर्म उसे छोड़ देते? इसी प्रकार रघुनाथ जो दुष्कर्म कर रहा है, जो दुष्कर्म कर चुका है, उसकी सज़ा भी उसे मिलेगी और हमारे यहां तो यह भी है कि जो हिसाब इस जन्म में चुकता नहीं होता, वह अगले जन्म में चुका दिया जाता है। तू ये सब बातें नहीं समझेगा, क्योंकि तेरी मति दुष्टों के साथ रहते-रहते पथरा गई है। उसमें कोमल भावनाएं आ नहीं सकतीं। यदि तू मेरी बात नहीं मानता, तो मैं यही समझूंगा कि तुझे बचाकर मैंने पाप किया, क्योंकि ईश्वर तुझे सज़ा दे रहा था, मैंने उसमें हस्तक्षेप किया। इस प्रकार मैं खुद ही सज़ा का हकदार हो गया हूं।

इसी प्रकार कई दिनों तक बाबा जी का और कुमार का वादविवाद चलता रहा। अन्त तक बाबा जी ने उसे दबा लिया और कुमार इस बात पर राज़ी हो गया कि आगे वह सिवा बाबा जी की आज्ञा-पालन के और कोई काम ही नहीं करेगा। इसपर बाबा जी बहुत खुश हुए, पर सफलता मिलने के साथ ही बाबा जी का चरित्र बहुत बदल गया। कहां तो वे ज्वालामुखी की तरह हर समय लावा उत्क्षिप्त करते रहते थे, कहां वे एकदम शांत हो गए। अब तो वे घंटों समाधि लगाकर बैठे रहते। हृष्ट-पुष्ट

शरीर क्षाण होने लगा।

कुमार जंगल में जाकर खाने लायक फल बटोरकर ले आने लगा, पर बाबा जी उन्हें बहत कम मात्रा में लेते रहे। इशारे से उससे कह देते कि बाकी फल तुम खा लो।

कुमार पहले की तरह तगड़ा हो गया। पर तगड़ा होने के साथसाथ उसके सामने नदी पर का वह दृश्य और भी बीभत्स रूप में आने लगा। वह दृश्य उसके पौरुष को ललकारकर चुनौती देता रहता था। दृश्य वही था, जब रघुनाथ उसे डूबते हुए देखकर भी उसपर गोली चला रहा था। किसी तरह शान्ति नहीं मिल रही थी, विशेष कर, यह सोचकर मन उचाट हो रहा था कि रघुनाथ पुलिस से मिला हुआ है। यह खबर तो कम से कम उसे मान्धाता को दे ही देनी चाहिए। उसने सही किया या गलत किया, पर इसमें सन्देह नहीं कि मान्धाता ने उसे आश्रय दिया और उसे एक उपाय बताया, जिससे वह पुलिस से बचकर रह सकता था। हो सकता है, मान्धाता बाबा जी के अनुसार एक साधारण अपराधी-मात्र हो। पर उसने उसके साथ तो केवल भलाई ही की। बाबा जी तो किसी भी सांसारिक विषय से सम्बन्ध नहीं रखते। वैसा हर कोई कैसे हो सकता है?

उसकी चाल-ढाल से बाबा जी समझ गए कि वह बेचैन है, इसलिए अपना मौन भंग करते हुए बोले—जाओ, मैं तुम्हें सब तरह से मुक्त करता हूं। मनुष्य को शायद यह अख्तियार नहीं है कि वह दूसरे मनुष्य को बदले। ईश्वर ही दुष्ट को शिष्ट और शिष्ट को दुष्ट बना सकते हैं। मेरा प्रयास व्यर्थ हुआ, इससे मैं सुखी हूं, क्योंकि मेरे मन का बचा-खुचा अहंकार तो दूर हो गया।

उस दिन से बाबा जी ने कुमार का लाया हुआ फल आदि लेने से इन्कार किया और जब कुमार ने इसपर जोर दिया, तो वे बोलेमेरा-तेरा कोई सम्बन्ध नहीं। तू अपने रास्ते जा, मैं अपने रास्ते जाता हूं। तू अपने कर्मों पर आश्रित है, मैं अपने कर्मों पर। तेरा मन चाहे, यहीं रह, तेरा मन चाहे चला जा। न मैं तेरे फल लाऊंगा, न तू मेरे लिए फल ला। एकमात्र फलदाता ईश्वर है।

उस दिन से बाबा जी ने कुमार से बोलना भी छोड़ दिया और दोनों उस जंगल में दो समान्तराल रेखाओं की तरह रहने लगे। कुमार मुक्त कर दिया गया था, पर मुक्त कर दिए जाने के कारण ही वह अपने को और भी आबद्ध पा रहा था। अब वह जाने की बात सोचता ही नहीं था। सच तो है कि सब अपना-अपना कर्म भोग रहे हैं, कोई किसीका नहीं है, नक्षत्रों की तरह सबके अपने-अपने रास्ते हैं। महाशून्य में सब अपने-अपने कर्मों द्वारा प्रताड़ित होकर घूम रहे हैं, फिर भी कुमार इतना करता था कि जो फल करीब होते थे, उनको वह छोड़ देता था ताकि बाबा जी को वे फल आसानी से मिल जाएं। स्वयं या तो दूर जाकर फल तोड़ता था या पेड़ पर चढ़कर उनसे फल तोड़ लाता था। समय काटने के लिए वे नदी में, जहां पानी छिछला था, वहां तैरने का अभ्यास करने लगा और थोड़े दिनों में वह तैरने लगा। बाबा जी यह सब देखते रहे, वे इसका अर्थ समझ गए पर उदासीन बने रहे।

एक दिन अपनी तैराकी से लौटकर कुमार ने देखा कि बाबा जी का कोई पता नहीं है। सोचा, फल तोड़ने गए होंगे, पर घण्टों हो गए, फिर भी वे नहीं लौटे, तो उसे चिन्ता हुई कि कहीं जंगली जानवर उन्हें खा तो नहीं गए? इधर जंगलों में कभी-कभी शेर आ जाते थे। कुमार ढूंढ़ता रहा, पर बाबा जी का कहीं पता नहीं लगा। उसे लगा कि बाबा जी अपना काम करके अन्तर्धान हो गए। एकाध बार यह सन्देह अवश्य हुआ कि कहीं बाबा जी साधु के अलावा कुछ और तो नहीं थे, पर यह सन्देह स्थायी नहीं होता था।

जब रात-भर बाबा जी नहीं लौटे, तब कुमार बहुत परेशानी में पड़ गया। सम्बन्ध तो वे पहले ही तोड़ चुके थे, फिर भी आदमी आदमी के लिए सहारा होता है। सुबह उठकर वह फिर चारों तरफ बाबा जी को खोजता रहा, पर कहीं उनका कोई चिह्न नहीं मिला।

दो-तीन दिन तक वह उधेड़बुन में पड़ा रहा। अब वह जंगल से ऊब चुका था। निरा अरण्य ऋषि-मुनियों के लिए भले ही सुन्दर हो, पर उसे वह सुन्दर नहीं लग रहा था; यद्यपि उसे विश्वास था कि जानवरों ने स्वामी जी को नहीं खाया है, फिर भी कुछ सन्देह तो था ही।

इसलिए वह एक दिन बिना किसी उद्देश्य के अपनी कुटिया हमेशा के लिए छोड़ नदी के किनारे-किनारे चल निकला।

11

मान्धाता यह समझ गया था कि रघुनाथ के विश्वासघात के कारण ही वह तथा उसका गिरोह पकड़ा गया है, नहीं तो यह हो ही नहीं सकता था कि सब पकड़े जाएं। इसके पहले भी कई बार एकाएक पुलिस आ गई थी और दोनों तरफ से गोलियां चली थीं। नाहर इसी तरह पकड़ा गया था, पर ऐसा कभी नहीं हुआ कि चारों तरफ से सब घिर गए हों। यह तो तभी हो सकता था, जब कोई अपना आदमी दुश्मन से मिल जाए और वह पुलिस को पूरी योजना बता दे।

फिर सबसे बड़ा प्रमाण तो यह था कि एक-एक आदमी पकड़ा गया था, पर रघुनाथ पकड़ा नहीं गया था। एक साथी ने बताया कि रघुनाथ पकड़ा गया था। शायद साथी ने गलत देखा होगा, क्योंकि वह न तो उस रात को पकड़े हुए डाकुओं में था और न जेल में ही उसका कुछ पता था। मान्धाता के अलावा सभी साथी एक बैरक में रखे गए थे, पर मान्धाता आते ही उनके साथ सम्बन्ध स्थापित कर सका था क्योंकि जेल में पहले से ही उसके गिरोह के दो-एक साथी थे जो 110 में सज़ा काट रहे थे।

मान्धाता हर पहलू पर गम्भीरता से विचार करता रहा। रघुनाथ पकड़ा गया, पर वह जेल से भागकर आ गया। कुमार उसे भगाकर लाया। पर थोड़े दिन बाद स्वयं कुमार गायब हो गया। रघुनाथ ने पेशबन्दी के तौर पर पहले से यह बता दिया कि कुमार, मालूम होता है—पुलिस से मिल गया; पर असल में इस डकैती से उसका भेद खुल गया। वह बड़ा अकृतज्ञ निकला कि उसे तो दल ने कई हजार रुपये खर्च कर जेल से छुड़ाया और वह विश्वासघातक निकला।

पर उसने विश्वासघात क्यों किया? क्या वह गिरोह का नेता बनना

चाहता है? पर अब गिरोह में क्या रह गया। सब कसेकसाए परखे हुए लोग, जो बार-बार अग्नि-परीक्षा से गुज़र चुके थे, रह नहीं गए थे। वे तो बेड़ियों में जकड़े जाकर जेल की रोटियां तोड़ रहे थे और यह निश्चित था कि उनमें से कइयों को फांसी होगी।

नहीं, उसने गिरोह का नेता बनने के लिए ऐसा नहीं किया। एकाएक मान्धाता की आंखें जल उठीं। तो यह बात है। वह पार्वती को चाहता है। इसी कारण उसने यह भयंकर कदम उठाया होगा, बिना यह सोचे कि उसके और नतीजे क्या होंगे। उसने एक बार को भी यह नहीं सोचा कि पार्वती प्राण रहते उसकी होना स्वीकार नहीं करेगी। वह या तो कपिल की होती या मेरी हुई। मेरी तो वह तब हुई, जब वह कपिल से निराश हो गई। कुछ तो कृतज्ञता में, पर बाद को प्रेम भी हो गया। किस प्रकार वह उसके लिए तड़पती रहती थी! इतने दिन, इतने महीने हो गए, पर जब भी वह उसके पास जाती थी, तो वह उससे ऐसे लिपट जाती थी, जैसे कुत्ता प्यार से लिपटता है। मनुष्य का प्यार कुछ धीमा पड़ता है। उसमें कुछ भाटा आता है। पर पार्वती के प्यार में कभी कमी नहीं हुई। उसने छिपकर कई बार सुना, भद्रकाली देवी से वह उसीके कल्याण की प्रार्थना करती थी : मां, सरदार को स्वस्थ रखो, उसका कल्याण करो। तुम जानती हो कि वह डाकू नहीं है। उसे किसीको लूटने में कोई रस नहीं है। उसके पास कुछ अस्त्रों के अतिरिक्त भूजी भांग भी नहीं है। रुपयों-पैसों से वह ऐसे भागता है, जैसे कोई गन्दी चीज़ हो। मां, तुम उसका कल्याण करो।...

जब रघुनाथ ने जाकर खबर दी होगी कि इस-इस तरह गिरोह पकड़ा गया और मैं बचकर आ गया, तो पार्वती की क्या दशा हुई होगी, मान्धाता इसकी कल्पना कर सकता था। वह दुष्ट निर्भय होकर अब पार्वती से प्रेम-निवेदन कर रहा होगा, उसे मजबूर कर रहा होगा। यह सोचते ही मान्धाता क्रोध से पागल-सा हो गया, पर पैरों में दस पौंड लोहा पड़ा हुआ था। इधर से उधर करवट बदलता, तो आवाज़ होती-झुन्। खड़ा होता तो आवाज़ होती झन्-झन्। चलता तो आसपास के लोग चौकन्ने हो जाते। चारों तरफ

दीवारें थीं। दीवारों के अन्दर दीवारें। पहरे पर पहरा। ताले पर ताला। यहां से वह क्या कर सकता था? फिर भी उसका मन नहीं मान रहा था। इस दुष्ट रघुनाथ ने उसे कहीं का नहीं रखा। उसे तो कुमार छुड़ा ले गया, पर उसे कौन छुड़ाएगा? और रायबहादुर ने तो उसपर ऐसी सख्ती रखी थी, जैसी फांसी वालों पर भी नहीं होती। रायबहादुर ने उसके मुंह पर कहा था—मान्धाता, तुम्हारा केस मेरा आखिरी केस होगा। उसके बाद मैं पैन्शन ले लूंगा...

मान्धाता ने अपने चारों तरफ देखा, तो उसे कुछ नहीं सूझा। लग रहा था कि विन्चेस्टर राइफल के बिना वह कुछ भी नहीं, मिट्टी का एक बांझ लौंदा है। पर वह राइफल अब कहां? वह तो मालखाने में जमा है और जैसा कि रायबहादुर ने बताया था, वह उसके विरुद्ध एक प्रमाण होगी। रायबहादुर ने कहा था—मुझे इस राइफल का पूरा इतिहास मालूम है। 1642 के आन्दोलन में तुमने मि० डिक्सन जिला मजिस्ट्रेट के खानसामे से मिलकर उसे चुरवाया था और इससे तुमने कुछ नहीं तो आठ-दस पुलिस वालों को उसी ज़माने में मारा था। मेरे पास सबका रिकार्ड मौजूद है। अब डकैतियों में भी तुमने दस-बीस आदमियों को मारा होगा। वह तुम्हारे विरुद्ध सबसे बड़ा प्रमाण होगा।

तो चिरसंगिनी विन्चेस्टर राइफल कहां थी? वह तो उसके विरुद्ध प्रमाण थी। उसकी बात सोचना ही गलत है, यद्यपि हर संकट में मन बरबस उसीकी तरफ जाता है। फिर मान्धाता सोचने लगा। वह कभी संकट के सामने घुटने टेकने वाला नहीं था। जहां प्राक्सीजन का नितान्त अभाव था, वहां भी उसने धूनी जलाकर अलख जगाने की चेष्टा की।

रायबहादुर और जेल-विभाग के खुफियों और गुर्गों से बचकर वह अपने पहले से कैद साथियों से सम्पर्क बनाने लगा। अब उसे सबसे बड़ा अभाव, जो खटक रहा था, वह यह था, कहीं से उसे पैसा नहीं मिल सकता था। सभी कुछ सम्भव है, पर उसके लिए उसी मात्रा में पैसे चाहिए जिस मात्रा में वह कार्य असम्भव है। हरएक का दाम होता है और वह दाम देने

के लिए साधन होना चाहिए। पर यहां तो कुछ भी साधन नहीं था, सिवा उन साथियों के, जो पहले से जेल में मौजूद थे।

मान्धाता केवल पार्वती को रघुनाथ के चंगुल से बचाने ने लिए ही बाहर जाना चाहता था, नहीं तो उसे फांसी से कोई भय नहीं था। मृत्यु उसके लिए कोई विभीषिका नहीं थी, वह उसके निकट तो जीवन का एक अपरिहार्य अंग थी।

मान्धाता ने जल्दी ही अपने उन साथियों से सम्बन्ध स्थापित कर लिया, बल्कि उन लोगों ने ही मान्धाता से सम्बन्ध स्थापित कर लिया, जो पहले से जेल काट रहे थे। उनमें से रंजन नम्बरदार भी था, इसलिए उसके लिए मान्धाता से मिलना अपेक्षाकृत आसान हुआ, पर बहुत आसान नहीं, क्योंकि मान्धाता पर विशेष रूप से निगरानी रखी जा रही थी। रायबहादुर यह जानते थे कि मान्धाता रघुनाथ की तरह जेल से भागने की चेष्टा करेगा,क्योंकि इसी में उसका त्राण था। मुकदमे का नतीजा तो मालूम ही था। फिर उसका कोई वकील भी नहीं था। अवश्य फांसी वाला मुकदमा होने के कारण सरकार की तरफ से एक वकील दिया जाता, पर वह बात दूसरी थी। ऐसे वकील अक्सर सिफारिशी किस्म के होते हैं और महज़ खानापूरी के लिए अदालत के सामने खड़े हो जाते हैं और बातें बनाते हैं।

रंजन ने पहला मौका पाते ही मान्धाता को यह खबर दी कि रघुनाथ ने ही सबको पकड़ाया है। वह रायबहादुर से मिला करता था। असल में भागने की उसकी चेष्टा व्यर्थ हो गई थी। आगे जो कुछ हुआ, मिलीभगत-मात्र था। सुनकर ही मान्धाता को बड़ी निराशा हुई, क्योंकि इसका यह अर्थ था कि रघुनाथ, जहां तक बन पड़ेगा, उसके भागने की चेष्टा को व्यर्थ कर देगा। उसने न केवल उसे बाहर पकड़ा दिया, बल्कि जेल में भी वह उसके पीछे पड़ा रहेगा और जब तक वह फांसी पर टंग नहीं जाएगा, तब तक वह ठहरेगा नहीं।

तो उसे इतने लोगों का सामना करना था, जेल वालों का, पुलिस वालों का और रघुनाथ का! अन्तिम इन सबमें खतरनाक था। और लोग तो बहुत

कुछ निर्व्यक्तिक ढंग से उसके विरुद्ध पेंच चलाते, उनका तो यही धन्धा था, पर रघुनाथ अत्यन्त वैयक्तिक बल्कि उसे जीवन-मरण की समस्या बनाकर उसका विरोध करेगा। मान्धाता को अब स्पष्ट दिखाई देने लगा कि फांसी के फन्दे से बचना असम्भव है। रघुनाथ के लिए तो यह भी सम्भव था कि वह यह ढोंग करे कि मैं सबको पकड़ाऊंगा। ढोंग क्या, उसने किया भी यही। पर वह क्या करेगा? उसे पकड़ाने का ही रघुनाथ ने वादा किया था; वह किसे पकड़ाएगा? फिर उसके लिए इस प्रकार से सोचना असम्भव था।

मरने में उसे कोई भय नहीं था। अब उसे यह बहुत कुछ झलक गया था कि उसने कांग्रेस की नेताशाही के विरुद्ध रुष्ट होकर जो मार्ग चुना था, वह गलत था। देवत्व नहीं मिला, तो उसके बदले पशुत्व अपनाना कोई अच्छी बात नहीं थी। गलती पर गलती होती गई। सारा जीवन ही गलतियों की एक माला बन गई,जो अन्त में फांसी का फन्दा बनकर उसके गले में आ जाती हुई दीख रही थी। जब उसने पति को देखा, तो उसका उद्देश्य केवल उसे बचाना था। जब उसकी कहानी मालूम हुई, तब उसे लगा कि पति दोषी है, इसलिए उसने बिजली का बटन-सा दबाकर उसे सज़ा दी और पार्वती को उसके प्रेमिक से मिलाने ले चला। प्रेमिक ने इन्कार कर दिया, क्योंकि पहले से ही वह शादी करके बैठा था। उसके लिए तो प्रेम केवल मानसिक भाव-विलास-मात्र था। वह उसके काल्पनिक पंखों पर बैठकर काव्य के स्वप्नराज्य में प्रवेश करता था। ऐसे दुष्ट विचारों के व्यक्ति को और संसार को उसकी दुष्ट पीप से पुष्ट कविताओं से बचाने के लिए उसे मार देना आवश्यक था, पर पार्वती ने मना कर दिया। यहीं से फिर एक दूसरी महान गलती हुई।

अपने जीवन की पहली महान गलती से वह राजनीतिक कार्यकर्ता और देशभक्त से डाकू बन गया था, महज़ प्रतिवाद करने के फेर में। दूसरी महान गलती यह हुई कि प्रेम की विजय कराते-कराते वह महज़ एक व्यभिचारी रह गया। अवश्य बाद को प्रेम उत्पन्न हुआ। पर उससे गलती का चरित्र विशेष नहीं बदला। इसके अलावा कुछ व्यावहारिक गड़बड़ियां शुरू हो गईं। प्रेम एक बहुत साधारण बात है। पर जिस गिरोह में वह था,

उसमें स्त्रियां वर्जित वस्तुओं में गिनी जाती थीं; क्योंकि डाक बन जाने पर भी मान्धाता अपनी जन्मछाप से मुक्त नहीं हो सका था। वह स्वयं अस्त्रों के सिवा कुछ द्रव्य नहीं रखता था। सबके साथ मोटा-मोटा खाता था। जैसे सब ज़मीन पर सोते थे, वैसे वह भी जमीन पर सोता था। जो कुछ धन आता था, उसमें से काम लायक रखकर बाकी धन गरीबों में बांट दिया जाता था। गरीब मान्धाता को देवता मानते थे, क्योंकि कहीं चूल्हा नहीं जला तो मान्धाता वहीं चूल्हे की लकड़ी के रूप में और तवे पर आटे के रूप में पहुंच जाता। किसी लड़की का ब्याह नहीं हो रहा है, तो वह दहेज देता। कई बार जाकर लड़के वालों को धमका भी आता जिससे काम बन जाता, इत्यादि-इत्यादि।

उसने सोचा था, स्वराज्य का यही अर्थ है कि धनियों से लेकर गरीबों में बांटा जाए। उसने जब यह होते नहीं देखा तभी वह 1942 के बचे-खुचे अस्त्र-शस्त्र लेकर डाकू बन गया था। पर वह गलत था। तिसपर वह गलती हुई, जो प्रेम के नाम पर हुई। वह जबर्दस्ती पार्वती को उसके देवदास से मिलाने ले गया था, पर हुआ यह कि रघुनाथ बागी हो गया। उसने विश्वासघात किया। एक बात समझ में नहीं आ रही थी कि कुमार का क्या हुआ?

सारे विरोधों के बावजूद, पैर में दस पौंड लोहा बेड़ियों के रूप में पड़े होने के बावजूद, दीवारों की हर समय भौंहें चढ़ाए रहने के बावजूद वह तिनका पकड़कर ही सही, डूबने से बचने का प्रयास करता रहा। रायबहादुर फिर नहीं आए, यद्यपि यह मालूम होता रहा कि वे ज्योतिस्वरूप के साथ अन्यत्र बन्द साथियों से बराबर मिल रहे हैं। यह तो मालूम ही था कि क्यों मिल रहे हैं। इस कारण मिल रहे हैं कि उन्हें कमज़ोर बनाया जाए, उन्हें गवाह बनाया जाए और इस प्रकार एक लहर इधर से आए और एक लहर उधर से आए और सब लहरों के आने-जाने, आपस में टकराने, फेन देने का नतीजा यह हो कि मान्धाता एक दिन प्रातःकाल फांसी की टिकटी पर झूलता नज़र आए। मान्धाता जब सुनता था कि आज रायबहादुर आए थे और फाटक पर बुलाकर अमुक-अमुक साथी से मिले, तो उसे लगता था

कि वह डूब रहा है, उसे सहारे की ज़रूरत है। पर सहारा कहीं नहीं था। वह किसका हाथ पकड़ता? 1942 के सभी साथी तो उससे अलग हो चुके थे। केवल अलग ही नहीं, दोनों के संसार ही अलग हो चुके थे। क्या-क्या साथी थे! एक से एक बहादुर, एक से एक बलिष्ठ, एक से एक मतवाले, एक से एक त्यागी; पर उनकी दुनिया ही दूसरी थी। उनमें से कुछ तो उन्हीं दिनों मर-खप गए थे, पुलिस की गोलियों से, पकड़े जाकर जेल में तपेदिक से। पर आज भी कुछ लोग जिन्दा थे। उनमें से कुछ तो मन्त्री, चोरबाज़ारी आदि हो गए थे, बाकी ज़िन्दगी की भीड़ में कहां खो गए थे, पता नहीं। उनका सहारा तो अब मिल नहीं सकता था, न चाहिए था, न वह मांग सकता था।

तो क्या वह पार्वती का सहारा ले? पर पार्वती तो शायद इस समय रघुनाथ के आलिंगन में हो। वह अबला है, डाकुओं से घिरी, जंगल के चक्रव्यूह में बन्द; भला वह कैसे रघुनाथ जैसे परम दुष्ट से बच सकती थी! उसने ज़रूर अब तक उसके शरीर को भोगा होगा, शायद इसीलिए उसने इतना सब प्रपंच खड़ा किया, नहीं तो मान्धाता से उसका इतना कोई वैर तो था नहीं। और अन्य साथी तो बेचारे एक से एक मासूम और सताए हुए लोग थे। उनसे भला रघुनाथ को क्या वैर हो सकता था? जब मान्धाता ने यह सोचा कि रघुनाथ उसके साथ बलात्कार कर रहा होगा, एक बार, दो बार, अगणित बार, तो वह कोठरी में बन्द होते हुए भी एक बार बेड़ियों-समेत झम्म से छलांग लगा गया।

पहरे पर तैनात नम्बरदार दौड़े, बोले—क्या है? काहे की आवाज़ हुई?

वे चौकन्ने होकर इधर-उधर देखने लगे कि जंगला तो ठीक है, बेड़ियां तो ठीक हैं, दीवारें तो ठीक हैं? मान्धाता बोला—कोई बात नहीं है। कोई छिपकली दिखाई पड़ गई थी, इसलिए मैं कूद गया।

खैरियत है कि उसी वक्त दीवार पर सचमुच एक छिपकली रेंगती हुई दिखाई पड़ गई।

12

जब रघुनाथ एकाएक गायब हो गया, तो उसके साथ जो दो और डाकू मान्धाता आदि की खोज लेने जंगल में गए थे, वे बड़े चक्कर में पड़ गए।

रघुनाथ लौटेगा नहीं, जब उन्हें यह विश्वास हो गया, तो वे आपस में खुलकर बातें करने लगे। जीवन ने कहा—अब यहां रहने में खैरियत नहीं है। हम लोग भी समय रहते भाग चलें।

पर दूसरा व्यक्ति प्रसादी स्वभाव से आलसी था। उसे भागने का विचार पसन्द नहीं था, क्योंकि उसमें हाथ-पैर मारना पड़ता, अपने प्रयास से पेट भरना पड़ता। बोला—भागकर जाएंगे कहां? पुलिस तो सभी जगह है।

जीवन भी पुलिस से संत्रस्त था, पर उसे अपने हाथ-पैरों पर विश्वास था, बोला—तू चल। मैं तेरे लिए भीख मांग लाऊंगा।

प्रसादी को यह विचारपसन्द नहीं आया,बोला—क्यों न रघुनाथ ही को खत्म कर दिया जाए? यही मुझे सारे अनर्थों की जड़ मालूम होता है। इसने हम लोगों को ज्यादा दूर जाने नहीं दिया। बस, यही कहता रहा—"जाल की तरह फैल जाओ। कोई घायल होगा तो वह अपने रेंगते-रांगते आएगा। सीधे रास्ते कभी नहीं आएगा।' वह चाहता ही नहीं था कि हम दूर जाएं।

—फिर?

प्रसादी कुछ सोच तो पाया नहीं था। इतना ही उसे लग रहा था कि अब इस जहाज़ में छेद हो चुका है। अब इसे छोड़कर चल देने में ही कल्याण है। बोला—रघुनाथ को मार डालने में बस एक ही खतरा है, वह यह कि कहीं वह ससुरी सरदार न बन जाए।

जीवन मुस्कराया, फिर उसका सारा चेहरा हंसी से खिल उठा, बोला—सरदार बनेगी, तो अब तक केवल एक खसम था, अब सब को खसम बनाना पड़ेगा।

प्रसादी बोला—फायदा क्या होगा? सब आपस में लड़ेंगे। अगर सरदार नहीं लौटे तो योंही यह गिरोह खत्म है। चलो हम लोग किसी और

गिरोह में शामिल हो जाएं। भीख मांगना और चोरी करना न तो मेरे बस का है और न मैं कर सकता हूं।

जीवन बोला—ऐसे भीख थोड़े ही मांगूंगा। ऐसे भीख मांगने से कौन देता है! तू जरा मोटा, गोरा-चिट्टा है, तू गुरु बन जाना और मैं चेला बन जाऊंगा। वेश तो बदलना ही है, तो दोनों बाबा, जी बन जाएंगे, फिर देखना कितने लोग पूजा चढ़ाने आते हैं। हम मना करेंगे, तो भी लोग भेंट-पूजा चढ़ाएंगे।

पर यह भी विचार प्रसाद ही कोपसन्द नहीं आया। वह बोला—नहीं लौटे तो हम लोग भाग चलेंगे, फिर जैसा मौका लगेगा, वैसा करेंगे।

यद्यपि दोनों इसी नतीजे पर पहुंचे, फिर भी वे लौटते हुए चारों तरफ देखते जाते थे कि कहीं रघुनाथ का कुछ पता मिलता है कि नहीं। जब वे बिल्कुल अपने जंगल के पास आ गए तो रघुनाथ आता हुआ दिखाई पड़ा। उसका चेहरा उतरा हुआ था, बोलाअनर्थ हो गया, सरदार और दूसरे साथी जेल में पहुंच गए। जगदीश शहर से यही खबर लाया है।

प्रसादी ने पूछा—हम लोगों को छोड़कर तुम चले कहां गए थे? हमने रात वहीं काटी और फिर अब धीरे-धीरे लौट रहे थे, क्योंकि उस गांव का पता तो हमें था नहीं।

रघुनाथ पहले से इस प्रश्न के लिए तैयार था, बोला—मेरी आत्मा बोली कि जगदीश ज़रूर खबर लाया होगा, इसलिए मैं बिना बताए लौट आया था।

यह तो स्पष्ट था कि रघुनाथ झूठ बोल रहा था। प्रसादी ने मौका पाते ही जीवन की तरफ इशारा किया कि इस साले को यहीं, खत्म क्यों न कर दिया जाए। ज़रूर इसकी कोई कारस्तानी है, पर जीवन इस प्रकार प्रकृति-निरीक्षण में लग गया कि प्रसादी समझ गया कि जीवन को यह विचार पसन्द नहीं है। रघुनाथ ने कहा—बड़ा बुरा हुआ। अब मुझे ही सरदार बनना पड़ेगा जो मैं बनना नहीं चाहता।

प्रसादी ने अप्रत्याशित रूप से कहा—पार्वती देवी को ही क्यों न सरदार बना दिया जाए?

जीवन ने उसे आश्चर्य के साथ देखा, क्योंकि थोड़ी देर पहले तो पार्वती को ससुरी कह रहा था और उसे सरदार मानने के लिए तैयार नहीं था। अब यह क्या कह रहा है? जीवन ने कहा—वह बहुत भजन-पूजन करती है। शायद देवी से कुछ करे, इसमें तो कुछ शक नहीं है कि वह सरदार को जेल से छुड़ाने में कोई कसर नहीं उठा रखेगी।

रघुनाथ समझ गया कि इन दोनों का भी सहयोग उसे प्राप्त नहीं होगा। अब वह मन ही मन पछता रहा था कि जिन उद्देश्यों के लिए किया, उनमें से एक भी सिद्ध नहीं हो रहा है। न तो पार्वती ही मिली और न सरदार ही बन पाए। जब ये दो महामूर्ख तक उसे नेता मानने के लिए तैयार नहीं हैं, तो बाकी लोग तो फिर भी बुद्धिमान हैं, वे कब उसे मानने लगे। वह जानबूझकर इन लोगों को इसीलिए साथ ले आया था कि इन्हें आसानी से पोट लेंगे, पर वे भी विरुद्ध निकले। सारा षड्यन्त्र व्यर्थ गया। नाहक कुमार को जान से मार डाला। यदि वह होता तो सम्भव है कोई तरीका निकलता। अवश्य वह सरदार का परम भक्त था। वह यही कहता कि सरदार को तुमने पकड़ाया है, और शायद अन्त तक उसके साथ यही करना पड़ता जो किया गया।

वह इस प्रकार उधेड़बुन में पड़ा रहा और अपना जंगल आ गया। पार्वती के सामने फिर से जाने की ज़रूरत नहीं थी। उसे जगदीश से मालूम हो ही चुका था कि सरदार तथा बाकी साथी जेल में ही हैं, फिर उसे यह भी तो मालूम था कि यह टुकड़ी कहीं गई ही नहीं थी। वह स्वयं तो रात को यहां मौजूद था।

उसके दोनों साथी अपने-अपने स्थान पर चले गए। रघुनाथ बैठे-बैठे अपनी दो-एक चोटों पर दवा लगा रहा था और साथ ही सोच रहा था कि जो हो चुका सो हो चुका, अब किस प्रकार बिगड़ी बनाई जाए। एक उपाय तो यह था कि जेल तोड़कर सरदार तथा अन्य साथियों को छुड़ाया जाए। उस डकैती में बहुत-से अस्त्र-शस्त्र पकड़े जाने पर भी, अब भी गिरोह के पास काफी

अस्त्र-शस्त्र थे और एक बार तो जेल तोड़ी ही जा सकती थी। उसे विश्वास था कि यदि वह चाहे तो जेल तोड़ सकता है। पर जेल तोड़ने का नतीजा क्या होगा? सरदार का जैसा स्वभाव है। वह यह तो देखेगा नहीं कि उसीने उसे जेल से छुड़ाया है, वह केवल यही याद रखेगा कि उसने उसे पकड़ाया था। उसके स्वभाव में माफी तो है ही नहीं। यह तो तब है जबकि पार्वती कुछ न कहे। यदि पार्वती ने सारी बात खोलकर कह दी, तो फिर उसके लिए परित्राण का कोई मार्ग नहीं रहेगा। वह तो खड़े-खड़े उसे गोली मार देगा।

इसलिए भावुकता से कुछ करने का प्रश्न नहीं उठता था। भावुकता से काम बिगड़ ही सकता था। शीतल वास्तविकता से ही जो कुछ करना है सो करना है। वह इसी प्रकार बैठे-बैठे सोच रहा था कि जीवन आया और बोला—रघुनाथ, तुमने सुना है?

—क्या बात है?

रघुनाथ के कान खड़े हो गए। जीवन बोला—पार्वती भद्रकाली देवी की खास पूजा करने जा रही हैं। तीन दिन उपवास रखेंगी, पानी भी न पीएंगी, फिर पूजा करेंगी। हुक्म हुआ है कि कहीं से एक बकरा ले आया जाए, जिसका बलिदान किया जाएगा।

रघुनाथ को यह खबर बहुत बुरी लगी। उसने समझा कि पार्वती स्त्रियों के सारे छल और कलाएं, साथ ही धार्मिक गड़बड़झाला डाकुओं पर अपना प्रभाव बढ़ाने के लिए करने जा रही है। इन लोगों पर धर्म के जरिये सबसे अधिक प्रभाव डाला जा सकता है। इसी कारण उसने यह ढोंग खड़ा किया है। वह यह तो जानती होगी कि उसके प्रति लोगों के विचार कोई अच्छे नहीं हैं। इतने पुरुषों में केवल एक वही स्त्री है। लोग मोटे तौर पर उसका इतिहास भी जानते हैं और यह भी लगभग विश्वास करते हैं कि इसीके कारण सारी विपत्ति आई है, इसलिए शायद उन धारणाओं से लड़ने के लिए और अपने हाथ में गिरोह का नेतृत्व कायम रखने के लिए यह चमत्कार दिखाना चाहती है। ज़रूर ही छिपकर भोजन करेगी। भला तीन दिन तक कोई अपनी खुशी से निर्जला उपवास थोड़े ही कर सकता

है! उसने जीवन का मत जानने के लिए कहा—अच्छा, यह बात है? लोग क्या कह रहे हैं?

—लोग यही कह रहे हैं कि अब तो देवी-देवता ही हमारी रक्षा कर सकते हैं, इसलिए कोशिश करने में कोई हर्ज नहीं है। देवी ने अब तक हमको सब विपत्तियों से बचाया है। आगे भी उन्हींका भरोसा है।

—रघुनाथ ने देखा कि यह तो पहले ही प्रभाव में आ गया और ऐसे ही सब लोग प्रभाव में आए होंगे। यह पार्वती बहुत ही चण्ट निकली। कोई साधारण स्त्री होती और उसका वही इतिहास होता जो इसका है, तो अब तक वह किसी पुरुष को अपने संरक्षक के रूप में चुन लेती, पर यह तो अपने ही रास्ते जा रही है और ऐसे जा रही है कि उसे कोई छू नहीं सकता। अब तो उसे शय्यासंगिनी के रूप में पाने की बात स्वप्न बन चुकी है। अभी तक यहां के लोग उसके विरुद्ध थे, पर अब सब लोग उसके पक्ष में हो जाएंगे। तीन दिन तक उपवास, पानी न पीना और भद्रकाली की पूजा...

जीवन तो खबर देकर और इधर-उधर की बातें करके चला गया। रघुनाथ और भी दुखी हो गया। एक दूसरा आदमी आकर यह खबर दे गया कि बहुत-से साथी पार्वती के साथ उपवास रख रहे हैं, फिर उसने चुनौती के स्वर में कहा—मैं भी रख रहा हूं। क्या तुम भी रखोगे?

रघुनाथ को यह प्रश्न बहुत बुरा लगा कि चुनौती का स्वर स्पष्ट था। उसने कहा—उपवास मैं ज़रूर रखता, पर मुझे जो चोटें आई हैं, उनकी वजह से उपवास रखना ठीक न होगा।

कारण में कोई युक्ति नहीं थी, पर उसे कुछ कहना था, इसलिए उसने कह दिया था। वह आदमी भी चला गया। रघुनाथ और भी दुखी हो गया। ऐसा लग रहा था कि यह तो सरदार से भी अधिक प्रभावशाली बनने जा रही थी। यदि यह इसी तरह चालें चलती रही, तो हे भगवान, किसी भी प्रकार अपनी दाल नहीं गलने की। रायबहादुर ने बहुत ही बेवकूफ बनाया। क्या उससे मिला जाए? पर अब उसका क्या भरोसा? वह शायद उसे पकड़ ले। एक दफे की बजाय वह दो दफे छोड़ चुका,

अब वह नहीं छोड़ने का; या छोड़ेगा तो यही कहेगा कि सबको गिरफ्तार करवा दो और अदालत में खड़े होकर सबके विरुद्ध बयान दो जैसाकि वह अभी हर्गिज़ करने के लिए तैयार नहीं। पहले जो कुछ कर चुका था उसे तो उसीपर पछतावा हो रहा था। पर दूसरा कोई विकल्प भी तो नहीं सूझ रहा था।

रघुनाथ ने देखा कि उपवास में बहुत-से साथी शामिल हैं। अजीब बात थी। वह इतने सालों से इस गिरोह में है, पर कभी ऐसी बात न देखी, न सुनी। सरदार भद्रकाली को यह मूर्ति जाने कहां से ले आया था, तब से यह मूर्ति गिरोह के साथ-साथ चलती थी। जब से पार्वती आई, तब से यह उसके सिपुर्द हुई। स्वयं सरदार न तो विशेष भक्त था, और न कभी उपवास आदि करता था। वह शायद मूर्ति को यह समझकर लाया था कि मूर्खों को कब्जे में रखने के लिए यह अच्छा साधन है, नहीं तो वह स्वयं विशेष आस्थावादी नहीं मालूम होता था। हां, जब पार्वती पूजा करके उसके सिर में लाल चन्दन लगा देती, तो वह सिर झुकाकर चन्दन लगवाता था, जैसे कि अन्य सब साथी करते थे। पर बाकी वह कोई चकल्लस नहीं पालता था। पर यह पार्वती तो हद है।

रघुनाथ ने देखा कि दो दिन के उपवास के बाद सब साथी अब पार्वती को 'मां जी, मां जी' कहने लगे हैं। कहां तो सब लोग आड़ में उसकी बहुत बुराई करते थे और यह समझते थे कि अकेले सरदार उसे रखता है, यह जुल्म है; और कहां अब वह लाल साड़ी पहनकर उपवास रखकर मां जी बन गई। रघुनाथ दो दिनों से उधर नहीं गया था, पर तीसरे दिन सवेरे वह पहुंचा, देखा, भद्रकाली देवी की ठाट से पूजा हो रही है। कई बकरे पेड़ से बंधे हैं। रघुनाथ को देखकर पार्वती शायद थोड़ा विचलित हुई, पर फौरन ही सम्हलकर पूजा करने लगी। किसी साथी ने रघुनाथ की तरफ ध्यान ही नहीं दिया और जिससे भी आंख मिली, सब उसे जैसे दुत्कार रहे थे कि तुझसे उपवास भी न रखा गया।

सहजात बुद्धि से रघुनाथ समझ गया कि यहां न आते तो अच्छा रहता;

पर न आते कैसे, क्योंकि सब लोग आ रहे हैं, दो दिन से यह ढोंग चल रहा है, न आते तो नक्कू बन जाते। सब लोग यही कहते, यह किसी न किसी प्रकार दोषी है, इसीलिए नहीं आता। इसलिए मजबूरी से आना ही पड़ा और आए तो यह हाल हुआ कि लोग जैसे दृष्टि से उसे बींध रहे थे।

पार्वती भी बीच-बीच में पूजा करते-करते चौंक-सी पड़ती थी और उसे कनखी से देख लेती थी। इससे रघुनाथ का मन और भी प्रशान्त हो रहा था। सहजात बुद्धि यह कह रही थी कि यहां से चलो, यहां से भागने में ही कल्याण है; पर वह लोगों की चुम्बकीय दृष्टि से इस प्रकार टंग गया कि उससे हिलते-डुलते नहीं बना। यह तो स्पष्ट था कि पार्वती से वह पराजित हो चुका था। उस चालाक स्त्री ने सरदार की गिरफ्तारी और उससे साथियों के मन में उत्पन्न भय को, साथ ही अपने नारीत्व और उसके साथ धार्मिक कुसंस्कार को इस तरह से जोत दिया कि उसकी गाड़ी आगे निकल गई थी, इतनी कि अब रघुनाथ उसे पकड़ने की आशा नहीं कर सकता था।

सामने भद्रकाली की चिर-परिचित मूर्ति लकड़ी के एक बड़े बक्स के अन्दर सुशोभित थी। वह इतनी ऊंचाई पर रखा था कि कदेआदम का फायदा मिले और दूर से दिखाई पड़े। सामने धूपबत्तियां जल रही थीं और एक प्रदीप भी जल रहा था, यद्यपि दिन का वक्त था। कुल मिलाकर मन्दिरों से जैसी खुशबू आती है, वैसी खुशबू हवा में बसी हुई थी। मूर्ति के सामने पार्वती बैठी थी। उसके बगल में एक नंगा खण्डा एक लकड़ी पर रखा हुआ था, जो धूप में चमाचम चमक रहा था। इसीसे बलिदान होने वाला था। कई आदिवासी ऐन खण्डा के पास बैठे थे। शायद यही लोग बकरा काटने वाले थे। रघुनाथ ने यह दिखाने के लिए कि वह बिल्कुल प्रकृतिस्थ है, बोला—बकरे कहां से लाए गए?

प्रश्न बहुत ही अद्भुत था, क्योंकि बकरे कहां से लाए जाते हैं, यह उसको पता था। गांव से लाए हैं,खरीदकर या चुराकर, यद्यपि सरदार का हुक्म था कि कभी चीज चुराई न जाए और जो चीज़ जबर्दस्ती भी ली जाए, यदि

चीज़ का मालिक गरीब हो, तो उसका वाजिब दाम दिया जाए।

पता नहीं रघुनाथ कितनी देर से वहां बैठा था। सूरज अब ढल चुका था। पर जंगल के कारण उससे कहीं अधिक अंधेरा भी होने लगा था, पर सब लोग उसी तरह घण्टों बैठे रहे। एकाएक रघुनाथ को ख्याल आया कि बैठे हुए लोगों में जगदीश नहीं है। उसने साथ के साथी से पूछा—जगदीश कहां है?

साथी ने कहा—जगदीश का कुछ पता नहीं है।

रघुनाथ को अब खटका लगा। कहीं वह मान्धाता को छुड़ाने तो नहीं गया? उसका दिल धक्-से हुआ। वह एकाएक उठ खड़ा हुआ। यह ढोंग होता रहे, पर उस सम्बन्ध में किसी प्रकार आनाकानी नहीं करनी चाहिए। रायबहादुर को फौरन खबर देनी चाहिए कि मान्धाता को जेल से भगाने की बड़ी जबर्दस्त साजिश हो रही है। इसपर रायबहादुर अवश्य पूछेगा कि कौन लोग यह कर रहे हैं, कहां ठहरे हैं, उन्हें पकड़वा दो। रायबहादुर साला मेरी कठिनाई नहीं देखेगा, अपनी ही बात कहे जाएगा। उसके लिए यह भी असम्भव नहीं कि मुझे ही हिरासत में ले ले।

रघुनाथ उठ खड़ा हुआ। पार्वती ने उसे अब की बार कनखी से नहीं, बल्कि इस प्रकार से देखा कि सब लोगों ने देख लिया कि वह क्या कर रही है, किसे देख रही है। उसने अपना बुदबुदाना जारी रखा, पर हाथ से इशारा करके रघुनाथ से बोली—बैठ जाओ।

रघुनाथ के पास जो लोग बैठे थे, उन लोगों ने रघुनाथ से खुलकर कहा—मां जी बैठने के लिए कह रही हैं, बैठ जाओ।..

रघुनाथ समझ गया कि बैठना ही पड़ेगा। वह अनिच्छा के साथ बैठ गया। क्या पता आज रात को ही मान्धाता को भगाया जाए, इसलिए सतर्क करना बहुत जरूरी था, पर यह तो उठने ही नहीं देती। सब जानते हैं कि मैं भद्रकाली देवी का कभी भक्त नहीं रहा और न मुझे बलिदानों से ही कभी प्रेम रहा। बकरों को खामख्वाह काटा जाता है, इसे धर्म से मिलाना बिल्कुल व्यर्थ है। पर सरदार का कहना यह था कि बलिदान

बहुत अच्छी प्रथा है, या तो गोश्त खाना ही छोड़ दो, नहीं तो बलिदान या हलाल करके खायो। इस तरह सार्वजनिक रूप से बकरे काटते रहने से लोगों में सैनिक वृत्ति बनी रहती है। मन कठोर हो जाता है। जो बकरे का खून देखकर गश खाने लगता है, वह आदमी का खून कैसे करेगा? और इस संसार में आदमी का खून करना, वर्दी पहनकर ही सही, कभी-कभी बहुत ज़रूरी हो जाता है। अपनी स्वतन्त्रता की रक्षा के लिए, अपने देश की सुरक्षा के लिए रक्त बहाना बहुत ज़रूरी हो जाता है। पार्वती भी इन विचारों का समर्थन करती थी, पर रघुनाथ को बकरे कटना बहुत नागवार लगता था। वह स्वयं गोश्त खाता था, पर भद्रकाली की मूर्ति के सामने जब-तब बकरे काटने के दृश्य में सम्मिलित नहीं होता था। एक डाक ने तो एक दफे हद ही कर दी थी कि जब खण्डा से बकरे का सिर काट दिया गया और उसके सिर से फौव्वारा देकर खून की धार छुट निकली, तो वह धार से खून पीकर नृत्य करने लगा। रघुनाथ की इच्छा हुई थी कि इस आदमी को पेड़ से बांधकर कोड़े लगाए जाएं, पर सरदार उसे देखकर उस प्रकार से मुस्करा रहा था जैसे बड़े लोग बच्चों के ऊधम देखते हैं। इसलिए वह कुछ कह नहीं सका था।

रघुनाथ बैठकर बकरों की तरफ देखने लगा। एक-दो बकरे तो अक्सर काटे जाते थे, पर पांच बकरे एकसाथ एक नई बात थी। यह ढोंगी औरत पांच बकरे एकसाथ कटवाकर और कुछ नहीं, इन मूर्खों पर अपना रोब जमाना चाहती थी। 'मां जी' तो यह पहले ही बन चुकी है।

बकरों का बलिदान चूल्हे में जाए। पर किसी भी हालत में सरदार का छूट कर पाना बहुत ही खतरनाक है। इसमें सन्देह नहीं कि वह आते ही उसे गोली मार देगा। यहां का जनमत अपने विरुद्ध हो चुका है। रायबहादुर ने बड़ी बदमाशी की। उसके साथ यह बात तो कभी नहीं हुई थी कि उस डकैती में सबको पकड़ लेगा, केवल उसे छोड़ देगा, बल्कि बात कुछ इस प्रकार की हुई थी कि दस-पांच लोगों को पकड़ लेगा, बाकी सबको भागने का मौका दिया जाएगा, पर उसके चेले ज्योतिस्वरूप ने लोभ में आकर

सबको पकड़ लिया, केवल मुझे छोड़ा, जिससे मैं योंही इन लोगों के सामने दोषी बन गया। सब पकड़े गए। मैं ही पकड़ा नहीं गया। होने को 'ऐसा हो क्यों नहीं सकता? कई बार होता है कि सब पकड़ गए और एक भाग गया, पर परिस्थिति को देखते हुए कम से कम पांच आदमी भागने दिए जाते, तो अच्छा रहता। अपने को सीना तानकर कहने का मौका मिलता कि हम लोग तो भाग पाए। पर यह कहना कि मैं अकेले भाग पाया और सब गिरफ्तार हो गए, यह तो योंही शक की बात बनकर रह गई।

वह इसी प्रकार बैठे-बैठे तरह-तरह की बातें सोच रहा था कि 'दिन छिप गया और दो-तीन लालटेनें जलाकर पेड़ों से टांग दी गईं जहां उनके लिए जगह बनी हुई थी। एक लालटेन उस जगह रखी गई जहां अंग्रेज़ी 'यू'-नुमा वह तना गड़ा हुआ था, जिसके अन्दर गला डालकर बकरों को काटने की प्रथा है। उस 'यू' के अन्दर बकरे का गला डाल दिया जाता है, फिर एक आदमी बकरे की 'पिछली टांगें पकड़कर उसे कुछ खींचे-सा रहता है और तब खण्डा चाला खण्डा मारता है। गला अलग कटकर गिरता है और धड़ अलग। सारा दृश्य बहुत ही बीभत्स होता है। रघुनाथ चाहता था कि वह यह दृश्य देखने से बचे। आज तो उस दृश्य की कल्पना ही बुरी लगती थी।

इतने में पार्वती ने कुछ इशारा किया और बकरे उस तने के पास लाए गए। हर बकरे के गले में एक माला पड़ी हुई थी, जिसे वे कुछ हद तक खा चुके थे।

ऐसे मौकों पर बकरों को तुरन्त ही बलि के लिए उस लकड़ी के पास लाया जाता था जहां बलिदान दिया जाता था, इसलिए जो लोग बकरा ला रहे थे, उन्होंने जो सबसे बड़ा बकरा था, उसे सामने लाना चाहा, पर पार्वती ने मना कर दिया, बोली—अभी नहीं।...

वह कुछ-कुछ मंत्र-सा पढ़ती जाती थी, और बीच-बीच में रघुनाथ को तथा अन्य महत्त्वपूर्ण साथियों को देखती जाती थी, मानोउनके इशारे की प्रतीक्षा कर रही हो। सभी सम्मोहित-से उसका मंत्र-पाठ सुन रहे थे,

जो मधुर होने के साथ ही एक अजीब भयमिश्रित गुदगुदी पैदा करता था। सामने यूपकाष्ठ का 'यू' सबको घूर रहा था। खण्डा वाला खण्डा लेकर तैयार खड़ा था। उस धीमी रोशनी में भी उसके खण्डे की धार चमक रही थी। बकरों को शायद पता हो गया था कि क्या होने वाला है, इसलिए उन्होंने अपने गले में पड़ी हुई मालाओं के बाकी हिस्सों को खाने का प्रयत्न छोड़ दिया था। पार्वती कहती जा रही थी—सर्वमंगलमांगल्ये शिवे सर्वार्थसाधिके...।

आगे सुनाई नहीं पड़ा। रघुनाथ बैठे-बैठे बेचैन हो रहा था कि यह क्या ढोंग रच रही है। जल्दी से बकरों का बलिदान कर दे, तो छुट्टी मिले और वह सिर पर पांव रखकर रायबहादुर के पास पहुंचे, क्योंकि यदि मान्धाता छूट गया तो फिर उसकी खैर नहीं थी। मान्धाता ने अपनी आंखों से यह देखा था कि और साथियों के साथ वह उस डकैती में घेरकर पकड़ लिया गया था, इसलिए वह कैसे छटा, इसकी जवाबदेही उसे करनी थी। यह औरत बड़ी बदमाश है, अपने पति को मरवाकर यह मान्धाता के साथ आई और अब यह पता नहीं क्या ढोंग रचना चाहती है? बहुत थोड़े समय में ही यह सीधे-सादे डाकुओं की मां जी बन गई। अब पता नहीं यह क्या करने जा रही है; करे, पर जल्दी करे। व्यर्थ में बुदबुदाकर समय क्यों खो रही है। योंही लोगों पर उसके ढोंग का काफी प्रभाव पड़ चुका है, जैसाकि डाकुओं के गम्भीर चेहरों को देखने से पता लगता है।

पार्वती अब भी मंत्र पढ़ती जा रही थी, बड़ी अच्छी अभिनेत्री है। यह तो पक्की बात है कि ढोंग रच रही है, पर चेहरा देखने से पता लगता है कि यह कोई मीरा है। इसने आज बिल्कुल मीराबाई की तरह कपड़े पहन रखे हैं और वैसा ही चेहरा बनाया है। साक्षात् करुणा की देवी, जिसमें सारे संसार के प्रति करुणा टपक रही है-टप्-टप-टप्। आंसू नहीं खून के कतरे। वह बहुत सुन्दर लग रही है, पर यह सौन्दर्य देखने का समय नहीं है। मान्धाता भाग आया, तो सारा काम बिगड़ जाएगा, पहले उसे रोकना है, फिर अपना

काम तो बनेगा ही। यह कब तक प्रतिरोध करेगी? फिर यह तो बड़ी कामुक स्त्री है, इसको स्वयं भी ज़रूरत होगी।

पार्वती ने कुछ इशारा किया-चलो। अब शुरू हो रहा है। पांच बकरों के कटने में बहुत हुआ, पांच मिनट लगेंगे, फिर तो ये लोग बकरों की खाल उतारने और उन्हें पकाने में लग जाएंगे, तब उसे चुपके से खिसक जाने का अच्छा मौका लगेगा। हां, एक खतरा है, जब ये लोग घण्टे दो घण्टे में मांस पका चुकेंगे तब मुझे खोजेंगे। पर इतना जोखिम तो उठाना ही पड़ेगा। कुछ कह देंगे कि किसी स्त्री से मिलने के लिए पांच मील पर जो गांव है, वहां गए थे। देखा जाएगा। मान्धाता को भागने से तो रोकना ही है, किसी भी दाम पर।

पार्वती ने जो इंगित किया उससे बकरों में से एक को आगे करके बलिदान की लकड़ी के सामने लाया गया। दो-तीन आदमी आगे बढ़ आए। एक उसका सिर 'यू' में डालकर सींग पकड़कर खींचेगा और दूसरा टांग उठाकर पकड़ेगा ताकि गला बिलकुल सीधा और सपाट रहे और खण्डा उसपर अच्छी तरह गिर सके। सब तैयार था, बस एक और इशारे की ज़रूरत थी, इतने में पार्वती ने एक इशारा किया, जिसका अर्थ किसीके पल्ले नहीं पड़ा। वह जंगल के अंधेरे की तरफ बड़े ध्यान से देख रही थी, कुछ बेचैनी के साथ।

चारों तरफ उस इशारे के कारण एक स्वल्प-सी खलबली मच गई थी, जैसाकि पानी में ढेला मारने से होता है। पर जल्दी ही पानी फिर निश्चल हो गया। लोग समझ गए कि पार्वती स्वयं ही अनिश्चय में गोते लगा रही है। वह कुछ कहना चाहती है, कह नहीं पा रही है। इतने में वह बुदबुदाती हुई खड़ी हो गई और रघुनाथ की तरफ मुड़कर इंगित किया, जिसे सब लोग समझ गए। वह उसे बुला रही थी, पर रघुनाथ ठीक से समझ नहीं पाया कि इसका क्या अर्थ है, इसलिए वह खड़ा हो गया, पर न आगे बढ़ा, न पीछे हटा। उसे वह उस समय क्यों बुला रही है? क्या वह चाहती है कि वह खण्डा पकड़े या सींग पकड़े या टांग

पकड़े? कुछ समझ में नहीं आया इसलिए वह लालटेनों की धीमी रोशनी में एक प्रश्नचिह्न की तरह खड़ा का खड़ा रह गया। पार्वती ने जंगल की तरफ देखा, जिधर शहर जाने का रास्ता पड़ता था। रास्ता तो क्या था, रास्ता बनाना पड़ता था। वह कान लगाकर किसीकी पदचाप सुन रही थी, फिर शायद उसने घड़ी देखी, पर इतनी चोरी से कि केवल रघुनाथ ही उसे समझ पाया।

एकाएक पार्वती और भी तनकर खड़ी हो गई, जैसे चेतना प्रखर हो गई। वह वज्र गम्भीर स्वर में बोली—रघुनाथ, इधर आओ।...

रघुनाथ के रोंगटे खड़े हो गए। वह समझ नहीं पाया कि क्या होने जा रहा है, पर वह यंत्रचालित की तरह उस बकरे के पास आ गया, जिसे बलिदान के लिए अन्य बकरों से कुछ आगे करके खड़ा किया गया था। तब पार्वती ने बकरा पकड़कर खड़े, यमदूत-से लगने वाले, आदिवासी से कहा—बकरे की जगह इसे पकड़ लो। आज मां भद्रकाली नर-बलि मांग रही है। इसीने सरदार और उसके साथियों को पकड़ाया, वह इसलिए कि यह मुझपर अधिकार कर सके। यह उस रात को मुझपर जबर्दस्ती करने के लिए आया भी था। इसे पकड़ लो...पकड़ लो...

वाक्य समाप्त होने के पहले ही कई लोगों ने मिलकर रघुनाथ को पकड़ लिया। रघुनाथ ने प्रतिवाद नहीं किया। वह जानता था कि प्रतिवाद करना व्यर्थ है। इसलिए उसने शान्ति से अपने को गिरफ्तार कराने के बाद कहा—मुझपर यह जो दोष लगाया गया है, इसका कोई प्रमाण है?

पार्वती ने कड़ककर पहले के ही लहजे में कहा—हां, है। प्रमाण यह है—कहकर उसने एक पत्र निकाला और एकत्रित लोगों को सम्बोधित करते हुए बोली—यह स्वयं सरदार के हाथ का लिखा हुआ पत्र है, जो जेल से आया है। इसमें लिखा है कि रघुनाथ ने ही सबको गिरफ्तार कराया। यह इसी शर्त पर जेल से छूटकर आया था कि सबको पकड़ा देगा।

रघुनाथ ने मरते हुए आदमी के अन्तिम अनुनय के रूप में कहा—मैं छूटकर नहीं आया, भागकर आया था। सभी इस बात को जानते हैं।

पार्वती ने फौरन कहा—तुम्हें भगाने का कार्यक्रम असफल हो चुका था, क्योंकि अपना वार्डर एकाएक बदल गया था, फिर भी तुम निर्दिष्ट रात को भाग सके, क्योंकि रायबहादुर ने तुम्हारी मदद की और जो आदमी नये वार्डर के रूप में तुमसे मिला, वह पुलिस का कर्मचारी ज्योतिस्वरूप था। इसे बलिदान कर दो। ऐसे विश्वासघातकों की यही सज़ा है। असल में बलिदान का सिद्धान्त यही है। हर अमावस्या के दिन अपने अन्दर के जितने बोदे-बेहूदे विश्वासघातक हैं, उनको बलिवेदी पर चढ़ा देना चाहिए, ताकि नया चांद नया चेहरा लेकर सामने आ सके।

पार्वती का वाक्य समाप्त नहीं हो पाया था कि लोगों ने देखा कि बिजली की गति से सब काम हुआ और रघुनाथ का सिर धड़ से अलग होकर आगे बढ़े हुए बकरे के सामने पड़ा था। धड़ से जो रक्त की धार निकली, वह उस बकरे पर गिरी, बकरे ने शरीर झाड़ा, फिर वह हट गया, क्योंकि वह अब मुक्त था। रघुनाथ को इस प्रकार मरा देखकर एकत्रित लागों को बड़ा धक्का लगा। सब लोग तितर-बितर हो गए। इसी समय जगदीश आ गया।

पार्वती समझ चुकी थी कि अब तक जो डाकू उसे मां जी-मांजी कह रहे थे, वे रघुनाथ का कटा सिर और रक्त की धारा देखकर बिल्कूल बेगाने बन चुके थे। शायद वे अब उसीपर टूट पड़ते। उनकी आंखें यही बता रही थीं। पर जगदीश को देखकर उनमें से कुछ जो खिसक रहे थे, पास आ गए। जगदीश ने छूटते ही कहा—अच्छा ही हुआ, नहीं तो सरदार को यह काम खुद करना पड़ता!—कहकर उसने लालटेनों की धीमी रोशनी के कारण बीभत्सतर लगने वाले कटे हुए सिर की तरफ देखा।

कई स्वरों ने एकसाथ पूछा—सरदार कहां हैं?

जगदीश ने कहा—वे जेल से भाग गए हैं।

—आए क्यों नहीं?

एकसाथ दर्जन लोगों ने यह प्रश्न पूछा। जगदीश ने कहा—वे बोले, कुछ व्रत है जिसे पूरा करना है, तुम जाओ; इसलिए मैं चला

आया।

—व्रत? कैसा व्रत?

अब की बार पार्वती ने पूछा।

जगदीश ने गम्भीर होकर कहा—मुझे मालूम नहीं, क्या व्रत है।

जीवन ने कहा—व्रत क्या हो सकता है? वे बाकी साथियों को छुड़ाने की कोशिश कर रहे होंगे।

जगदीश ने हां-ना कुछ नहीं कहा। फिर से बोला—मुझे नहीं मालूम। बस उन्होंने कहा, व्रत है, तुम जाओ; मैं चला आया।

रघुनाथ की हत्या से वातावरण में एकाएक पार्वती के विरुद्ध जो शत्रुता की भावना छा गई थी, वह कुछ हद तक थिरा गई थी। जगदीश का आना और उस हत्या का नैतिक समर्थन करना, साथ ही यह सुनाना कि मान्धाता छूट गया है-अपना असर दिखाए बिना नहीं रहा। सब लोग लाश को वहीं छोड़कर चले गए और उसी रात को वहां से डेरा उठा दिया गया। पार्वती ने इसका कुछ क्षीण प्रतिवाद किया कि यदि सरदार आएंगे तो उन्हें कैसे पता लगेगा कि हम लोग किधर गए; पर जीवन, प्रसादी आदि ने इसकी कोई परवाह नहीं की और कहा—सरदार ढूंढ लेंगे, वे कोई बच्चे नहीं हैं; जो जेल से भाग सकते हैं, वे सब कुछ कर सकते हैं। फिर ये सारे जंगल उनके देखे हुए हैं। वे समझ जाएंगे कि हम लोग कहां गए।

जगदीश को पार्वती से अलग बातचीत करने का मौका नहीं मिला था। जब डेरा उठ गया और सब लोग पांचों बकरों को रस्सी में बांधकर नये जंगल की ओर चले, तब पहली बार जगदीश को पार्वती से बात करने का मौका लगा। उसने कहा—मेरा ख्याल है.. अब सरदार यहां नहीं आएंगे...

जगदीश ने जानबूझकर पूरी बात एक ही बार में नहीं बताई थी। पर उसका उलटा असर हुआ। पार्वती घबराकर बोली—कहीं वे दीवार फांदते हुए मारे तो नहीं गए? तुम मुझसे कुछ छिपा तो नहीं रहे हो?

—छिपा रहा हूं।

—क्या?

—यही कि अब सरदार बिल्कुल बदल गए। अब वे डाकुओं के सरदार नहीं रहेंगे। वे बीच के इस शरीर को छोड़कर अपने पुराने शरीर में प्रवेश कर चुके हैं। अब वे देशभक्त मान्धाता हो जाएंगे, बल्कि हो गए हैं, जिसके नाम से 1942 और उसके बाद उत्तर भारत गूंजता था। वे कह रहे थे, मैंने गलती की है, यह बात मुझे विदेशी आक्रमण से समझ में आ गई। अब मैं बिल्कुल दूसरा ही आदमी हो गया हूं।

पार्वती ने जब यह बात सुनी तो उसे ऐसा लगा कि एकाएक वह धरती की गुरुत्वाकर्षण-शक्ति से मुक्त हो चुकी है और तारोंभरे महाशून्य में बहुत तेजी के साथ गिर रही है। उसने जिसे अपने जीवन का सूर्य बना रखा था, वह तो छटककर ब्रह्माण्ड के किसी और सिरे पर पहुंच गया, दूर, बहुत दूर, इस क्षीण रोशनी वाले करीब-करीब न दिखाई पड़ने वाले मद्धिम ज्योति के तारों के उस पार। उसने कहा—जगदीश, मेरा क्या होगा?

—इसपर भी सरदार ने मुझे कुछ कहा है, पर यह कहा था कि यदि पूछें तभी बताना नहीं तो नहीं।

—पूछ रही हूं।

ऐसा कहने पर भी जगदीश कुछ देर तक हिचकिचाता रहा। मान्धाता को वह दूसरे ही जगत् का आदमी समझता था, उसका पतन सामयिक था। पर पार्वती की बात और थी। वह एक साधारण स्त्री थी, शायद अति साधारण। वह कभी आदर्शवाद की धारा में नहीं बही। वह कैसे सरदार का सन्देश समझती? उसने कोई उत्तर नहीं दिया, तब पार्वती ने कहा—मैं समझ गई। तुम मुझे अधिकारी नहीं समझ रहे हो। पर यह गलत है। मैंने आदर्शवाद के पीछे घर छोड़ा था, मैंने भांवरों को महत्त्व नहीं दिया, इसीलिए मैंने आत्महत्या करनी चाही थी, क्योंकि संसार को सुधारना मेरे वश की बात नहीं थी। फिर तुम जानते ही हो कैसे क्या हुआ। मैंने सरदार से शुरू में प्रेम नहीं किया, बल्कि कृतज्ञता थी, इसलिए लता के गुण के अनुसार मैं उस पेड़ के चारों ओर बौंड गई। धीरे-धीरे प्रेम भी उत्पन्न हुआ

और आज तो बहुत ही अधिक प्रेम है। साथ ही मैं समझती हूं कि इस महान प्रेम के कारण ही हम लोगों को आगे कभी मिलना नहीं चाहिए। इसीलिए जो सन्देश उन्होंने दिया, उसे मुझे बता दो, शायद उससे कोई राह सूझे, नहीं तो मैं अपनी राह आप काट लूंगी। मैं अब आगे इन डाकुओं के साथ जाना नहीं चाहती।

कोई उनकी तरफ देख नहीं रहा था, इसलिए जगदीश और पार्वती, दोनों अलग राह पकड़कर चल पड़े। जगदीश ने पौ फटने के बाद मुंह-हाथ धोकर पार्वती से कहा—सरदार कहीं से छिपकर फौज में भर्ती होने वाले हैं। उन्होंने तुम्हारे लिए यह सन्देश दिया है कि तुम भी किसी काम में लग जाओ। यह ठीक रहेगा। मैं भी ऐसा ही करूंगा।

दोनों खुश थे और बैठे-बैठे आगे का कार्यक्रम तय कर रहे थे, इतने मैं उन्होंने देखा, एक व्यक्ति इधर आ रहा है। दोनों सतर्क हो गए। जगदीश ने मन ही मन तय कर लिया कि अकेला आदमी कुछ कर तो सकता नहीं। अधिक हो गया तो पूछ-ताछ करेगा, सो कह दिया जाएगा कि हम मियां-बीवी हैं। ऐसे समय यह विचार भी बुरा लग रहा था, पर कुछ कहना तो था ही। पर अरे, पार्वती ने आश्चर्य के साथ देखा कि यह तो कुमार है। उसने स्वयं अपनी आंखों से देखा था कि कुमार को गोली मार दी गई और वह डूब गया। वह कैसे जीवित हो गया या कि उसने ही गलत देखा था। कुछ समझ में नहीं आया। वह एकदम से खड़ी हो गई। जगदीश भी खड़ा हो गया और दौड़कर कुमार से मिलने के लिए आगे बढ़ा। थोड़ी देर तक तो कुमार और जगदीश का मिलन होता रहा। पार्वती ठगी-ठगी-सी खड़ी रही। उसे अपनी बुद्धि पर सन्देह हो रहा था कि या तो उसने तब गलत देखा था या वह अब गलत देख रही है। उसने कहा—भई कुमार, मुझे तुम्हें देखकर बड़ा आश्चर्य हो रहा है। मैंने स्वयं अपनी आंखों से यह देखा था कि रघुनाथ ने तुमको नाव से धकेल दिया था और तुम्हें गोली मार दी, फिर तुम डूब गए। मैं छिपकर एक पेड़ की आड़ में खड़ी होकर सब कुछ देख रही थी।

कुमार ने हंसकर कहा—तुमने जो कुछ देखा वह सत्य है, यह मेरा

पुनर्जन्म है जो एक महात्मा की बदौलत हुआ था। असल में मुझे गोली लगी ही नहीं थी। मैं केवल डूब गया था। एक महात्मा के कारण ही मेरी जान बची। उन्होंने मुझसे प्रतिज्ञा कराई है कि मैं अब वह न रहूं जो था। जब तक वे मेरे साथ थे, तब तक तो मेरे लिए इस प्रतिज्ञा का पालन कोई कठिन नहीं था, पर जब से वे एकाएक कुछ न बताकर चले गए, तब से मैं भटक रहा हूं। मेरा मन किसी तरह शान्त नहीं होता। मैं अब डाकू नहीं रहना चाहता, पर मैं रघुनाथ से बदला लेना चाहता हूं। बदले की यह भावना किसी तरह मेरे मन से निकल नहीं पा रही है।

इसपर जगदीश ने हंसकर कहा—सारा काम पहले ही हो चुका है। —कहकर उसने पूरा वृत्तान्त सुना दिया और फिर अन्त में बताया कि इस-इस तरह सरदार भी चीनी आक्रमण के कारण फौज में भर्ती होने वाले हैं।

कुमार इसपर बहुत ही खुश हुआ। उसने कहा—तो महात्मा ने ठीक ही कहाथा कि ईश्वर अपना काम स्वयं करते हैं। हमें चिन्ता करने की ज़रूरत नहीं है।

पार्वती ने प्रतिवाद करते हुए कहा—महात्मा ने जो कुछ भी कहा हो और इस मामले में आकस्मिक रूप से चाहे जो कुछ हुआ हो, पर उनकी बात पूर्ण सत्य नहीं है। कम से कम सरदार ऐसा नहीं सोचते, क्यों भाई जगदीश? इन्हें पूरी बात बता न दो।

जगदीश ने कहा—पूरी बात क्या बताऊं। उन्होंने जो निर्णय अपने सम्बन्ध में किया है, वह यह सूचित करता है कि वे यह नहीं मानते कि ईश्वर सब काम खुद कर लेंगे। चीनी आक्रमण हुआ है, कल पाकिस्तान हमला कर सकता है, यदि सब लोग यह समझकर बैठे रहें कि भगवान अपना काम आप करेंगे, तो बस, देश का हो चुका। सरदार ने अपने सम्बन्ध में स्पष्ट कहा कि मैं गलत रास्ते पर था, मुझे नेताओं से चिढ़कर गलत रास्ते पर जाना नहीं चाहिए था, पर देर आयद, दुरुस्त आयद!

कुमार फिर भी मानने को तैयार नहीं हुआ, बोला—यह तो ठीक है कि हमें डाकू नहीं बनना चाहिए था। मुझ ही को लो, मैं चाहे जो कुछ करता

पर डाकू न बनता। पर मैं क्यों डाकू बना, क्योंकि मैं समझता था और सही रूप से समझता था कि आज भी महात्मा के दर्शन के बाद मैं यह मानता हूं कि मैंने ज़मींदार की हत्या की तो ठीक किया, वह ज़ुल्मी था और मुझे सज़ा नहीं होनी चाहिए थी। मैं जहां तक फरार हुआ, यह ठीक था। पर फरार होने के बाद डाकू नहीं होना चाहिए था। पर डाकू क्यों बना, इसलिए कि और किसी तरह मैं सज़ा से बच नहीं सकता था। पर जो कुछ भी हो, अब मैं किसी झगड़े में नहीं पड़ूंगा।

जगदीश ने बीच में ही टोकते हुए कहा—पर तुम अब भी गिरफ्तार हो सकते हो, हत्यारे के रूप में और डाकू के रूप में।

—हां, यही तो समस्या है। अब तक मेरा दिमाग सिर्फ रघुनाथ से बदला लेने के लिए पीड़ित हो रहा था, पर अब यह जानकर कि रघुनाथ को सजा मिल चुकी है, मेरे सामने यही समस्या रह गई है कि कैसे पुलिस से बचूंगा। इसका कोई रास्ता दिखाई नहीं पड़ता।

यह समस्या बाकी दोनों के सामने भी थी, इसलिए सरदार का उदाहरण और आदेश होते हुए भी वे सन्देह में पड़ गए। यहीं पर तीनों ने कुछ आड़ में एक जंगली कुटिया-सी बना ली। तीनों जानते थे कि इस प्रकार रहना सम्भव नहीं है, क्योंकि एक तरफ तो पुलिस वाले उन्हें खोज रहे होंगे, और दूसरी तरफ बचे-खुचे डाकू भी, जो आसपास में ही कहीं होंगे, उन्हें इस प्रकार अलग छोड़ने वाले नहीं। पर कोई समाधान नहीं दिखाई दिया और कई दिन निकल गए। तीनों कम से कम बोलते थे, तीनों दुखी थे। लगता था कि उनकी समस्या का कोई समाधान नहीं है। सरदार ने भावुकता में आकर यह नहीं सोचा था कि फौज में किसी भी दिन उसका परिचय खुल सकता है और फिर तो फांसी के तख्ते का ही सामना था।

साथ में एक स्त्री होने से तीनों की समस्या और भी कठिन हो गई थी। एकदम कोई समाधान दिखाई नहीं देता था, साथ ही सब लोग यह भी समझ रहे थे कि किसी भी मिनट उनका यह जीवन समाप्त हो सकता है।

फिर भी वही जीवन चलने लगा। कोई और रास्ता न तो सूझ पड़ता था

और न समझ में आता था। कल्पनाएं आती थीं, पर अगले ही क्षण मालूम हो जाता था कि वह कल्पना कारगर नहीं हो सकती। डाकुओं के दल में जाकर मिल जाएं और डाका न डालें, उन्हें भी डाका न डालने दें, जब इस कल्पना पर विचार किया तो मालूम हुआ कि खाएंगे क्या? थोड़े ही दिन में लूटा हुआ धन समाप्त हो जाएगा। फिर?

इसी प्रकार सभी कल्पनाएं बेकार प्रमाणित हुईं। वे किसी तरह जंगली फल-फूल खाकर चलते रहे, पर जीवन बहुत ही नीरस हो चुका था और कुछ समझ में नहीं आ रहा था। साधु लोग ऐसा जीवन किसी उद्देश्य को सामने रखकर व्यतीत करते हैं, पर यहां न तो कोई उद्देश्य था, न कोई आस्था।

सौभाग्य से डाकुओं ने या तो उनका पता ही नहीं पाया, या वे जान-बूझकर उदासीन हो गए थे। कुमार का तो अनुमान था कि शायद डाकू बिखर गए थे, नहीं तो वे अवश्य आते। दूसरे लोग भी कुछ-कुछ यही समझ रहे थे, पर वे खुलकर बताते नहीं थे। पार्वती दोनों से अलग रहती थी। एक रात को तीनों अपने-अपने स्थान पर सो रहे थे। इतने में उन्हें लगा कि कोई आ रहा है। नहीं, कोई जंगली जानवर नहीं, मनुष्य ही था। कौन? चारों तरफ अंधेरा छाया हुआ था, पर कोई भी उठा नहीं, यद्यपि सब अपनी-अपनी जगह सतर्क बने रहे। पैर की आहट से तीनों के अभ्यस्त कान यह समझ गए थे कि आगन्तुक एक ही है, इसलिए यदि पुलिस का आदमी है, तो भी कोई घबराने की बात नहीं है, क्योंकि एक से हर हालत में लोहा लिया जा सकता है। हां, यदि उसके पास कोई पिस्तौल आदि है तब तो यों भी बचना नहीं है, फिर चिन्ता क्यों की जाए। शायद जो समाधान ढूंढ़े नहीं मिल रहा है, वह स्वयं ही मिल जाए।

पर अगले ही क्षण पता लग गया कि यह व्यक्ति और कोई नहीं, वही महात्मा हैं, जिन्होंने कुमार की जान बचाई थी। कुमार ने सबके साथ उनका परिचय कराया और यह बता दिया कि किस समाधान के लिए वे यहां टिके हुए हैं।

महात्मा सुनकर गम्भीर हो गए, बाले—सरदार ने तुम लोगों को जो

सन्देश भेजा था, उसमें एक समाधान तो था ही, तुम लोग उसे ग्रहण कर लेते। कोई सर्वांग-सुन्दर समाधान तो हर समय होता नहीं।

सबने मिलकर महात्मा की सेवा की। सम्भव ही क्या था! फल-फूल लाकर उनके सामने रख दिया। खाने-पीने की चीजों का अभाव देखकर महात्मा ने मुस्कराकर कहा—तुम लोग तो प्रायश्चित्त भी कर रहे हो। जो जीवन तुम बिता रहे हो, उससे जेल का जीवन खराब थोड़े ही होगा, फिर तुम लोग डर क्यों रहे हो?

कुमार की समझ में नहीं आया कि महात्मा क्या कह रहे हैं, बोला—तो क्या आप यह कह रहे हैं कि हम लोग जेल चले जाएं?

महात्मा अभी उत्तर नहीं दे पाए थे कि जगदीश ने कहा फांसी भी तो हो सकती है।

महात्मा ने फूल सूंघते हुए कहा—दोनों हालतों में किसी तरह डरने की ज़रूरत नहीं। यह जीवन जेल से बुरा है; रही फांसी, सो मौत का एक न एक बहाना होगा ही। कोई अमर होकर नहीं आया है। जो जन्मा है, वह अवश्य मरेगा।

महात्मा की बातों का अर्थ किसीकी समझ में नहीं आया। सब वर्तमान जीवन से उकता चुके थे, पर जेल और फांसी को वे ग्रहण करने में असमर्थ थे। महात्मा यह समझ गए। बोले—मैं यह थोड़े ही कहता हूं कि तुम सीधे जाकर जेल में घुस जाओ या फन्दा गले में डाल लो। पर अब जबकि समझ चुके हो कि जो जीवन तुम बिता रहे थे, वह सही नहीं है, साथ ही वर्तमान जीवन असह्य है तो तुम्हें कुछ न कुछ तो करना ही है। एक यूनानी दार्शनिक ने इन्हीं बातों को समझकर आत्महत्या कर ली थी, पर मैं समझता हूं कि वह गलत बात थी। आदमी अपनी बुद्धि के अनुसार कर्तव्य करता जाए। यदि सात्विक वृत्ति से कर्तव्य करेगा, तो उसे वृहत्तर कर्तव्य सूझेगा इसी तरह वह आगे बढ़ता चला जाएगा।

कहकर कुमार की ओर देखकर उन्होंने कहा—तुमने ज़मींदार को मारा था, अपनी समझ से तुमने ठीक ही किया था, पर आगे उसकी सज़ा से बचने

के लिए तुमने जो जीवन अपनाया, वह तुम्हारी समझ से भी गलत था। यही गलती सरदार ने की, यही गलती पार्वती ने की। जगदीश को मैं नहीं जानता, पर उसने भी अवश्य इसी प्रकार गलती की होगी, यह उसके चेहरे पर लिखा है।

किसीने कुछ नहीं कहा, क्योंकि कहने को कुछ नहीं था, पर साथ ही किसीने कुछ किया भी नहीं। महात्मा नदी के किनारे जाकर नहाते रहे, फिर अपने लिए फल-फूल का संग्रह कर लौट आए तो भी यह मालूम नहीं हुआ कि आगे लोग क्या करने जा रहे हैं। सन्ध्या समय तक परिस्थिति इसी प्रकार रही,तब महात्मा ने अपनी लाठी उठाई, बोले—मैं जाता हूं। तुम लोग कुछ तय नहीं कर पा रहे हो, इस कारण मैं ही समाधान करता हूं। मन हो, मेरा समाधान ग्रहण करना, नहीं तो मैं तो जा ही रहा हूं, कोई शरमाने की बात नहीं है।

सब लोगों ने महात्मा से कहा—आप ही जो कुछ करना चाहें, करें, हम लोगों को तो कुछ सूझ नहीं रहा है।

तब महात्मा एकदम तैयार होकर पार्वती से बोले—तुम मेरे साथ चली चलो। मेरे बहुत-से परिचित हैं, मैं तुम्हें कहीं नर्स या क्लर्क लगवा दूंगा और तुम दोनों दो तरफ चले जाओ। जहां भी पहला मौका मिले, वहीं कोई काम कर लो, अच्छा हो कि सरदार की तरह फौज में काम करो, जिसमें देशसेवा भी हो, क्योंकि देश को इस समय हरएक की सेवा की ज़रूरत है। मुझे विश्वास है कि तुम लोगों का कल्याण होगा। मैं जाता हूं।

कहकर महात्मा ने पार्वती की तरफ भी नहीं देखा और चल पड़े। पार्वती साथियों की तरफ देखकर एक क्षण तक हिचकिचाती रही, फिर वह महात्मा के पीछे-पीछे चल पड़ी। कुमार और जगदीश भी थोड़ी देर में बिलकुल उसी प्रकार अलग-अलग दिशा की ओर चल पड़े, जैसे महात्मा ने बताया था।

ooo